Giorgio Scerbanenco
Ein pflichtbewusster Mörder

GIORGIO SCERBANENCO

EIN PFLICHTBEWUSSTER MÖRDER

DUCA LAMBERTI ERMITTELT

Aus dem Italienischen von Christiane Rhein

Mit einem Nachwort von Gianrico Carofiglio

FOLIO VERLAG
WIEN • BOZEN

ERSTER TEIL

Die Massengesellschaft hat zu einer Massenkriminalität geführt. Heutzutage ist es nicht mehr denkbar, dass die Polizei nach einzelnen Verbrechern fahndet; heutzutage werden kurzerhand Razzien durchgeführt, und dabei bedient man sich der Schleppnetze der verschiedenen Einheiten, sei es nun das Drogendezernat oder die Einheit für Menschenhandel mit Frauen aller Hautfarben – weiß, schwarz, gelb –, die Einheit für Raubüberfälle, für Geldfälschung oder für Zockerei. Die Netze werden durch das trübe Meer des Verbrechens gezogen, und so bleiben abscheuliche Fische aller Art darin hängen, kleine und große, und es kommt zu einer allmählichen Säuberung. Nur blieb dabei keine Zeit, nach einer fast zwei Meter großen und zwei Zentner schweren, geistig behinderten jungen Frau zu fahnden, die von zu Hause verschwunden war, untergetaucht in dem unendlich weiten Mailänder Häusermeer, in dem Tag für Tag Leute verschwinden und es praktisch unmöglich ist, sie wiederzufinden.

1

Duca Lamberti sagte: „Ja.“ Nicht, dass er dabei war, jemanden zu verhören; er stimmte einfach nur mit seinem Gesprächspartner überein.

Der alte Mann, der ihm an seinem Schreibtisch gegenübersaß – robust, breit, muskulös, mit buschigen Augenbrauen und Haaren in den Ohren –, nahm seinen Faden wieder auf. „Jedes Mal, wenn ich aufs Polizeirevier kam, sagte der Kommissar: ‚Machen Sie sich keine Sorgen, wir werden Ihr Töchterchen schon ausfindig machen. Ein wenig gedulden müssen Sie sich allerdings, denn leider haben wir furchtbar viel zu tun!‘ Einmal pro Woche bin ich ins Kommissariat gegangen, und immer wurde mir dasselbe mitgeteilt, nämlich dass sie meine Tochter schon finden würden. Inzwischen sind fünf Monate vergangen – fünf! –, und es ist noch immer nichts passiert. Ich kann nicht mehr, *Brigadiere,* ich kann einfach nicht mehr! Bitte tun Sie etwas, ich flehe Sie an! Sonst werde ich noch verrückt!“

Duca Lamberti war kein Brigadiere*, doch korrigierte er den Alten nicht. Es lag ihm nicht, andere Menschen zu berichtigen, er wollte ihnen nichts beibringen. Aufmerksam musterte er den Mann vor sich, der so betagt eigentlich gar nicht war. Die Sechzig hatte er bestimmt noch nicht überschritten. Er blickte diesem kämpferischen und doch gutmütigen kleinen Stier ins Gesicht, das von einer schmerzlichen Grimasse verzogen und den Tränen nahe war. „Wir werden alles tun, was in unserer Macht steht, um sie zu finden“, beschwichtigte er ihn.

---

* Unteroffizier der Carabinieri (Anm. d. Ü.)

Eigentlich war es eine einfache Geschichte. Ein Mädchen war ohne ersichtlichen Grund von zu Hause weggelaufen, der Vater hatte ihre Flucht im Bezirkskommissariat angezeigt, und der zuständige Kommissar hatte getan, was er konnte, um sie wiederzufinden, doch viel war das nicht gewesen, im Grunde fast nichts, eigentlich gar nichts. Nach fünf Monaten war der gepeinigte Vater schließlich im Hauptkommissariat erschienen, da er, wie alle Italiener, annahm, er würde vielleicht mehr Erfolg haben, wenn er den zuständigen Beamten vor Ort überging und direkt mit dessen Chef sprach. Und so war er bis zu Carrua vorgedrungen, der wie immer überarbeitet war und den Alten deshalb an ihn, Duca Lamberti, weiterverwiesen hatte, damit er sich um die Sache kümmerte. „Der Mann tut mir leid. Tu für ihn, was du kannst", hatte Carrua zu ihm gesagt. Und deswegen saßen sie jetzt hier.

„Wie alt ist Ihr Töchterchen denn?", erkundigte er sich und nahm ein unbenutztes Oktavheft aus einer Schreibtischschublade. Er versuchte, auf sein Gegenüber einzugehen, indem er die gleichen liebevollen Worte und denselben einfühlsamen Ton benutzte, in dem der Alte die ganze Zeit von seiner Tochter gesprochen hatte.

„Achtundzwanzig", antwortete der, und sein Gesicht nahm nach der schmerzerfüllten Grimasse von eben wieder einen normalen Ausdruck an.

Duca Lamberti legte den Bleistiftstummel neben sich auf den Tisch, gleich neben sein Heftchen. Gern hätte er geglaubt, er habe sich verhört und der Alte habe in Wirklichkeit achtzehn gesagt. Doch er wusste ganz genau, dass das nicht stimmte. Sein Gehör funktionierte einwandfrei, und der Mann hatte tatsächlich achtundzwanzig gesagt. Es musste sich also um ein Missverständnis handeln. Er hatte geglaubt, es ginge um eine Minderjährige, die mit einem zwielichtigen Typ durchgebrannt war; doch eine achtundzwanzigjährige Frau ist keine Minderjährige.

Und das sagte er dem struppigen Alten, der sogar im Gesicht und auf den Händen dicht behaart war und ihn aus seinen brennenden, tief in den Höhlen liegenden grauen Augen aufmerksam ansah. „Eine achtundzwanzigjährige Frau ist doch kein Kind mehr", bemerkte er, und um nicht in diese intensiven Augen sehen zu müssen, fixierte er den Handrücken seines Gegenübers mit dem dichten Pelz aus weißen, schwarzen und grauen Haaren. „Vielleicht hat Ihre Tochter einfach beschlossen, mit einem Mann mitzugehen, der ihr gefällt. Dann kann man allerdings nicht von Flucht oder Entführung sprechen; dann geht es einfach um ein achtundzwanzigjähriges Mädchen, das wegen eines Mannes ihr Elternhaus verlassen hat."

Doch der Alte schüttelte entschieden den Kopf. „Nein. Meine Tochter ist ein kleines Mädchen und wird das auch immer bleiben, selbst wenn sie hundert werden sollte." Schweigen. Duca deutete ein Nicken an. Jemandem, der so litt wie dieser alte Mann, wollte er nicht widersprechen. Er begriff, dass eine Tochter für ihren Vater möglicherweise auf immer ein Kind bleibt, selbst wenn sie hundert wird. Bloß sind solche zärtlichen, väterlichen Gefühle vor dem Gesetz vollkommen belanglos. Und das sagte er dem Mann, der ihm an diesem ruhigen, milden, spätsommerlichen Septembermorgen gegenübersaß: „Ich verstehe, was Sie meinen; doch wenn eine achtundzwanzigjährige Frau beschließt, von zu Hause wegzulaufen, dann können wir gar nichts machen."

Da gab sich der Mann auf der anderen Seite des Schreibtischs einen Ruck und stieß mit bitterer, verzweifelter Entschlossenheit aus: „Meine Tochter ist geistig zurückgeblieben." Er senkte den Kopf. „Sie wurde bereits behindert geboren und hat jetzt die Intelligenz eines achtjährigen Mädchens, auch wenn sie achtundzwanzig ist. Zu Weihnachten hat sie sich eine Nähmaschine gewünscht, eine dieser Spielzeugnähmaschinen für Kinder. Stellen Sie sich vor, zu Hause habe ich eine echte Borletti stehen, neuestes Modell, vor einiger Zeit auf Raten gekauft und noch nicht mal vollständig abbezahlt! Aber ich kann es einfach nicht ertragen, wenn sie weint, und so hat sie ihre Spielzeugmaschine bekommen und näht damit Puppenkleider; denn sie spielt immer noch mit Puppen, ein ganzes Zimmer hat sie voll davon!“

Duca stand auf und trat ans Fenster. Diese Geschichte schien trauriger zu sein, als es am Anfang den Anschein gehabt hatte. Trauriger und komplizierter. Eine geistig Behinderte. Ohne sich umzudrehen, fragte er: „Ist Ihre Tochter jemals in einer psychiatrischen Anstalt gewesen?“

„O nein!“, antwortete die tiefe, etwas raue Stimme des Mannes hinter Ducas Rücken. „Wir haben sie immer bei uns zu Hause gehabt.“

Duca nickte. Er begann zu begreifen. Das schwere Schicksal dieses Mannes nahm langsam Konturen an. „In die Schule haben Sie sie nicht geschickt?“, erkundigte er sich, noch immer abgewandt.

Die alte, etwas borstige Stimme hinter seinem Rücken erwiderte: „Nein, die anderen Kinder hätten sie ausgelacht. Und außerdem hätte sie da sowieso nichts gelernt.“

Das sah Duca ein. „Aber Ihre Tochter kann lesen und schreiben?“

„Ja, meine Frau, die gute Seele, hat es ihr beigebracht.“ Er benutzte genau diese Wendung, *meine Frau, die gute Seele,* und wollte damit wohl ausdrücken, dass seine Frau gestorben und er Witwer war. „Und auch meine Schwägerin Stefana, die gute Seele, die wie eine zweite Mutter zu ihr gewesen ist.“

Dann war er also doppelter Witwer. Duca wandte sich um. „Sie hatten sicher einen Arzt, der sich um Ihre Tochter kümmerte?“

„Natürlich“, bestätigte der Alte in einem Ton, als wolle er sagen: „Glauben Sie etwa, ich würde meiner Tochter eine adäquate ärztliche Behandlung vorenthalten?“ Und dann fügte er hinzu: „Der Arzt kam mindestens einmal im Monat. Aber meine Tochter ist nicht verrückt, sie ist nur ein wenig … ein wenig."

Duca dachte: Gleich wird er sagen: Sie ist nur ein wenig zurückgeblieben.

Der Mann auf der anderen Seite des Schreibtischs nahm sich zusammen: „Sie ist nur ein wenig zurückgeblieben." Er schluckte. „Ihr Körper ist älter geworden, ihr Geist nicht."

Duca setzte sich wieder. Langsam begann eine bittere Erkenntnis in ihm zu reifen. Es gibt Hunderte, vielleicht Tausende oder gar Zehntausende von Familien, die ihre körperlich oder geistig behinderten, epileptischen oder sexuell pervertierten Kinder zu Hause behalten, ja, sie regelrecht wegschließen. Die Reichen bringen solche Kinder normalerweise in einer Klinik unter, doch die weniger Betuchten, die sich das nicht leisten können, verstecken sie bei sich zu Hause, denn sie empfinden es nicht nur als einen Schlag des Schicksals, sondern auch als tiefe Schande, wenn ihr Kind mit zwanzig noch gefüttert werden muss und ins Bett pinkelt. Und so schieben sie ihren sabbernden Sprössling, der mit zwölf Jahren womöglich schon hundert Kilo wiegt, aber immer noch nicht laufen kann, im Rollstuhl durch die Wohnung und überschlagen sich, um ihr hartes Los zu verbergen oder wenigstens herunterzuspielen und Freunde und Bekannte davon zu überzeugen, dass es sich doch eigentlich nur um eine etwas langwierige Krankheit handelt, um etwas, das zwar traurig, aber im Grunde völlig normal ist. Auch dieser alte Mann und seine Frau, *die gute Seele*, mussten sich so verhalten haben, bis ihre Tochter achtundzwanzig und auf einmal von zu Hause weggelaufen war.

„Wer war denn ihr behandelnder Arzt?", erkundigte sich Duca.

„Professor Fardaini", erwiderte der Vater prompt. In seiner Stimme schwang jedoch kein Stolz mit; er sprach eher im Ton eines Menschen, der weiß, dass er seine Pflicht getan hat.

Und das hatte er tatsächlich, dachte Duca: Giovanni Fardaini war der beste Psychiater, Neurologe, Endokrinologe, Biologe und wer weiß, was sonst noch alles, in Italien. Seit Jahren erwartete die Fachwelt, dass er den Nobelpreis erhalten würde, und sicher bekam er ihn tatsächlich bald. Darüber hinaus war er einer der teuersten Spezialisten in ganz Europa, und Duca zog es vor, nicht darüber nachzudenken, wo dieser Alte, der weder ein Ölscheich noch ein Rockefeller zu sein schien, wohl das Geld aufgetrieben hatte, um jemanden wie Fardaini zu bezahlen. Schließlich gibt es ja auch genug alte, verarmte Damen von Adel, die im Supermarkt das Katzenfutter mitgehen lassen, um ihren räudigen Liebling zu päppeln, der im Sterben liegt.

„Was hat Professor Fardaini denn über die Krankheit Ihrer Tochter gesagt?", wollte Duca wissen.

Der Alte bedeckte die Augen mit der flachen Hand. „Er sagte immer ein Wort."

„Welches Wort?"

„Elefantiasis", flüsterte der Mann auf der anderen Seite des Schreibtischs.

Duca nickte. Elefantiasis. Das war ein relativ allgemeiner Begriff. Professor Fardaini hatte seiner Diagnose sicher noch jede Menge gelehrter Fachwörter hinzugefügt, doch dieser arme, alte Mann erinnerte sich nur an das eine Wort, „Elefantiasis", das ihm vermutlich besonderen Eindruck gemacht hatte, weil es ihn an die Elefanten im Zoo erinnerte. Die Bezeichnung Elefantiasis an sich sagte so gut wie gar nichts aus, doch es hatte wahrscheinlich wenig Sinn, dem Mann medizinisch genauere Fragen zu stellen. Deshalb sagte Duca nur: „Wie viel wiegt Ihre Tochter denn?"

Die grauen Augen blinzelten überrascht in ihren tiefen Höhlen, doch dann schien der Mann zu begreifen, was Duca wissen wollte, und antwortete umgehend und präzise, denn über die Einzelheiten, die die Krankheit seiner Tochter angingen, war er bestens informiert: „Fünfundneunzig Kilo."

„Und wie groß ist sie?“, fuhr Duca fort.

Die Antwort kam prompt und doch ein wenig gepresst, als gebe der Alte etwas Ungehöriges preis: „Einen Meter fünfundneunzig.“

Duca nickte wieder. Es mag ja Frauen geben, die fünfundneunzig Kilo wiegen; aber einen Meter fünfundneunzig groß werden nur sehr wenige. Er fragte weiter: „Ist Ihre Tochter irgendwie unproportioniert? Ich meine, hat sie zum Beispiel einen Arm, der kürzer ist als der andere? Oder ein Bein, das dick, und eins, das dünn ist? Oder einen fehlenden Finger oder so?“

Doch jedes Mal schüttelte der Mann den Kopf, und schließlich unterbrach er Duca ungeduldig: „Meine Tochter ist wunderschön!“ Fast wütend zog er einige Fotos aus seiner Brieftasche, Format sechs mal sechs. „Hier, die sind von mir. Ich habe sie immer selbst fotografiert, denn Fotografieren ist mein Hobby.“ Er legte die Aufnahmen wie einen Fächer Spielkarten vor Duca hin. Seine Stimme vibrierte vor Liebe und Stolz darauf, dass seine Tochter so schön war.

Wunderschön. Duca blätterte die Fotografien nacheinander auf den Tisch und sah sie sich dabei sorgfältig an. Die Bilder waren auch technisch von hervorragender Qualität. Das erste zeigte das liebliche Antlitz einer jungen Frau, die aussah wie eine schwedische Schönheit, aber mit dem Profil einer römischen Statue. Ihr Gesicht war keineswegs pausbäckig, sondern schlank und wohlgeformt, denn bei einer Größe von eins fünfundneunzig verteilen sich selbst fünfundneunzig Kilo. Wunderschön waren auch ihre langen Haare, die in einem fast unwirklichen Silberblond glänzten. Während Ducas Blick auf dem Porträt, auf dieser Spielkarte mit der unerwartet schönen Dame ruhte, fragte er: „Lässt sie sich die Haare färben, oder sind die echt?“

„Echt, echt“, antwortete der Alte mit warmer Stimme. „Sie ging nie aus dem Haus, nicht einmal in Begleitung, denn immer starrten die Leute sie ungeniert an, und manchmal liefen sie ihr sogar hinterher und wurden ziemlich lästig. Zum Friseur hätten wir sie da nie bringen können! Meine Frau, die gute Seele, und meine Schwägerin haben sich immer selbst um sie gekümmert, auch um ihre Körperpflege. Aber die Haarfarbe ist echt. Und so lang sind sie, weil ich immer dagegen war, sie abzuschneiden."

Duca nahm das nächste Foto zur Hand, auf dem die Tochter seines Gesprächspartners in voller Statur abgebildet war. Sie stand neben dem Sofa und war in ein helles Licht getaucht, das sanft durchs Fenster fiel und ihre marmorne Schönheit noch unterstrich. Man musste unwillkürlich an eine Plastik denken, an eine blumenumrankte Freiheitsstatue, die mit wogendem Busen, den nackten Schoß mit nichts als einem bronzenen Schleier bedeckt, in der Hand eine wehende Fahne, wie ein bronzener *Bersaglieri* auf einem Sockel steht, der mit seinem langen Gewehr aus dem Ersten Weltkrieg zum Angriff stürmt.

Das dritte Foto zeigte das Mädchen im Badeanzug an einem einsamen Strand.

„Im Sommer fahren wir manchmal zusammen ans Meer", erklärte der Mann auf der anderen Seite des Schreibtischs. „Einfach ist das nicht, wissen Sie, aber wir haben eine kleine, einsame Bucht in der Nähe von Comacchio entdeckt, wo es bisher nichts als eine Fischerhütte gibt, die direkt am Strand steht. Wenn zufällig doch mal jemand vorbeikommt, können wir sie schnell in diese Hütte bringen."

Obwohl der Körper der jungen Frau an eine riesige Skulptur erinnerte, war er doch etwas grundsätzlich anderes und viel schöner als jede Statue, denn keine Plastik erreicht die Harmonie und die vollkommenen Proportionen eines menschlichen – insbesondere eines weiblichen – Körpers, wenn dieser wirklich harmonisch gebaut ist. Und das Mädchen auf dem Foto besaß einen solchen Körper von vollkommener Harmonie. Nur die einen Hauch nach vorn gebeugten Schultern trübten das Bild absoluter Vollkommenheit ein wenig, steigerten ihre Schönheit dadurch aber in gewissem Sinne sogar noch.

„Warum haben Sie sie denn versteckt gehalten?“, wollte Duca wissen. „Natürlich ist sie außergewöhnlich groß, aber eine einzigartige Erscheinung ist sie nun auch wieder nicht. Es gibt Basketballspielerinnen, die sind fast so groß wie sie.“

Der Alte senkte den Kopf. „Weil …“, begann er, stockte dann aber plötzlich und sprach nicht mehr weiter.

2

Duca wartete eine ganze Weile, dann hakte er nach: „Weil?“ Der Alte hob den Kopf, leckte sich nervös über die Lippen und brachte schließlich heraus: „Weil sie allen Männern hinterherschaute.“ Er machte eine kurze Pause und begann dann, diese peinliche Situation geduldig zu erklären. „Eigentlich hätten wir sie schon mit auf die Straße nehmen können. Die Leute hätten sie angestarrt, groß wie sie war, aber von mir oder meiner Frau begleitet, wäre sie wenigstens ein bisschen an die frische Luft gekommen. Wir haben das auch probiert, aber es war unmöglich.“

Duca wartete, aber sein Gegenüber sprach nicht mehr weiter. Also erkundigte er sich: „Warum war es denn unmöglich?“ Bereit, seine beschämende Situation bis ins letzte Detail vor Duca auszubreiten, erklärte der Alte: „Weil sie allen männlichen Wesen zulächelte. Stellen Sie sich das doch mal vor: Die Männer verschlangen sie sowieso schon mit den Blicken – und dann strahlte meine Tochter sie auch noch an! Einmal mussten meine Frau, meine Tochter und ich in einen Kurzwarenladen flüchten, weil uns drei junge Männer wie hungrige Wölfe immer dichter auf die Pelle gerückt waren, sodass ich einen von ihnen schließlich wegschubsen musste. Die anderen beiden wollten schon über mich herfallen, doch meine Frau, die gute Seele, zog mich in letzter Sekunde in den Laden – wer weiß, was sonst geschehen wäre! Seit diesem Vorfall haben wir auf unsere Spaziergänge verzichtet.“

Duca konnte sich die Szene lebhaft vorstellen: ein einen Meter fünfundneunzig großes Mädchen, das schöner war als die schönste Siegesstatue, ob nun mit oder ohne Flügel, und ein Schwarm Latin Lover, einige davon aus dem tiefen, heißblütigen Süden, die diese lebendige Freiheitsstatue lüstern umzingelten und sich keinen Deut darum scherten, dass sie von Vater und Mutter begleitet wurde, sondern sogar bereit gewesen wären, die Eltern zu verprügeln, nur um sich der herrlichen Riesin zu nähern. Und die ihre Kreise immer enger und enger um sie zogen, genau wie bei einer Safari, wo der Löwe allmählich und unerbittlich eingekreist wird.

„Der Arzt sagt, das sei eine Krankheit", nahm der Alte seinen Bericht mit borstiger Stimme wieder auf. „Mein Töchterchen ist ein ehrbares Mädchen, aber sie ist eben krank. Es ist eine Krankheit, dass sie alle Männer ansieht, ihnen zulächelt und zu allem bereit ist, egal, was sie von ihr verlangen."

Ja, das war eine Krankheit. Duca wusste, dass es zahlreiche Bezeichnungen dafür gab, im allgemeinen Sprachgebrauch übliche wie Nymphomanie oder Fachbegriffe wie Erethismus. Mit Sittsamkeit oder Moral, Erziehung oder Umwelt hatte das nichts zu tun. Im Körper der Betroffenen flackerte eine ewige Flamme unersättlicher sexueller Begierde, die sie immer wieder zu unschicklichem Benehmen veranlasste und sie in jeder Hinsicht – sozial, moralisch und auch körperlich – ruinierte.

„Das ist der Grund, weshalb wir nicht mehr mit ihr ausgegangen sind und sie auch nie mehr allein gelassen haben: Der erstbeste Mann, der zu ihr gesagt hätte: ‚Komm mit', dem hätte sie die Hand gegeben und wäre ihm ohne zu zögern gefolgt. Solange meine Frau noch lebte, hat sie unermüdlich über sie gewacht. Und als sie starb, ist meine Schwägerin eingesprungen – Gott segne sie! –, sodass ich meiner Arbeit bei Gondrand weiter nachgehen konnte." Er legte eine kleine Pause ein.

„Meine Schwägerin hat sich rührend um sie gekümmert und ihr sogar beigebracht, wie man sich am Telefon meldet und die Waschmaschine und den Fernseher bedient. Es war wie ein

Wunder, *Brigadiere,* das kann ich Ihnen versichern. Das Einzige, was wir verhindern mussten, war, dass sie auf den Balkon oder ans Fenster trat, denn dann lachte sie die jungen Männer an, winkte oder rief ihnen sogar etwas zu." Der Alte verbarg sein Gesicht in den Händen. „Sie ging sogar so weit, den Ausschnitt zu entblößen oder den Rock zu heben ... Was für eine Schande, *Brigadiere!* Schließlich wohnen wir im zweiten Stock! Aber meine Schwägerin ließ sie nicht ans Fenster, da passte sie höllisch auf! Doch dann ist auch sie gestorben." Der Alte auf der anderen Seite des Schreibtischs nahm die Hände vom Gesicht und blickte Duca an. „Ich arbeite nach wie vor bei Gondrand, und das muss ich auch. Für mich selbst brauche ich zwar nicht viel, aber die ärztliche Betreuung meiner Tochter kostet viel Geld, und ich will auf keinen Fall, dass sie ins Irrenhaus kommt – eher bringe ich mich um! Nach dem Tod meiner Schwägerin habe ich zunächst eine alte Krankenschwester kommen lassen, die auf meine Tochter aufpasste, während ich arbeiten war. Doch schon nach ein paar Wochen wurde mir klar, dass die Alte mir im Grunde nicht wirklich behilflich war, sondern sich nur von mir durchfüttern ließ. Da habe ich mir gedacht, dass meine Tochter vielleicht auch allein bleiben könnte, schließlich hatte sie in den beiden letzten Jahren unter der Obhut meiner Schwägerin viel gelernt: Sie gehorchte besser und begriff viel mehr als vorher. Sie wusste, dass sie tun musste, was ich von ihr verlangte. Also habe ich es einfach ausprobiert. Die ersten Tage hatte ich schreckliche Angst, aber es war wie ein Wunder, glauben Sie mir, *Brigadiere!* Wenn ich von der Arbeit nach Hause kam, hatte sie mir bereits Suppe und Eier gekocht, wie die Tante es ihr beigebracht hatte. Natürlich konnte ich sie nicht den ganzen Tag allein lassen, aber wissen Sie, ich arbeite in der Zentrale für Internationale Transporte an der Piazza della Repubblica und wohne im Viale Tunisia fünfzehn – das sind genau drei Minuten zu Fuß. Mit der Erlaubnis von Cavalier

Servadio konnte ich einmal am Vormittag und einmal am Nachmittag nach Hause eilen: Ich brauchte drei Minuten für den Hin- und drei für den Rückweg, und vier blieb ich zu Hause, um mich zu vergewissern, dass meine Tochter nichts angestellt hatte, und um ihr einzutrichtern, dass sie schön brav sein musste. Es klappte ganz hervorragend! Sie hätten mal sehen sollen, *Brigadiere*, wie sauber sie mir die Wohnung hielt! Von ihrer seligen Mutter hatte sie die Leidenschaft geerbt, die Fußböden zu schrubben, und wenn ich heimkam, kniete sie fast immer auf dem Boden, den Eimer mit Wasser und Seife neben sich und den Scheuerlappen in der Hand, genau wie sie es von der Mutter gelernt hatte, denn die behauptete, das sei die einzige Art, die Fußböden sauber zu halten."

Völlig unvermittelt begann er zu schluchzen, wahrscheinlich weil er sich seine Tochter so lebendig vorgestellt hatte, wie sie da auf dem Boden kniete, eifrig schrubbte und dabei keinerlei Mühe verspürte. Mit den Fingern wischte er sich die Tränen von den Wangen und fuhr fort: „Sie liebte Musik. Deshalb hatte ich ihr einen dieser kleinen kompakten Apparate gekauft, mit denen man Schallplatten hören kann. Mir fällt bloß gerade nicht ein, wie man die Dinger nennt."

„Kofferplattenspieler", sagte Duca.

„Ja, genau, einen Kofferplattenspieler", bekräftigte der Alte, dessen tränennasses Gesicht seitlich von dem hellen Sommerlicht beschienen wurde. „Ich habe ihr so ein Ding gekauft, weil es ganz einfach zu bedienen ist: Man braucht die Platte nur in einen Schlitz zu stecken, und schon kommt die Musik heraus. Ich habe ihr immerfort neue Platten gekauft, schließlich war sie den ganzen Tag allein zu Hause und arbeitete fleißig, putzte und bereitete das Essen zu. Bevor ich aus dem Haus ging, sicherte ich immer alle Fenster mit Schlössern, ließ die Rollläden zur Hälfte herunter und blockierte auch diese mit Schnappschlössern, damit sie sie nicht hochschieben konnte, um dann vom Fenster aus die jungen Männer zu rufen und …“ Seine Stimme erstarb – er brachte es einfach nicht über sich zu sagen: „… und den Rock zu heben.“ Also überging er dieses peinliche Detail hastig.

„Ich war selig! Alles lief wie am Schnürchen. Sie stopfte mir die Strümpfe und bügelte die Hemden fast so gut wie meine Schwägerin, die ihr das mit Engelsgeduld beigebracht hatte. Ich fühlte mich keineswegs wie ein armer, alleinstehender Vater eines behinderten Kindes, sondern eher wie ein junger Ehemann. Morgens ging ich zu Gondrand arbeiten, und wenn ich wieder nach Hause kam, war alles gerichtet. Sie umarmte mich, in der Küche war schon der Tisch gedeckt, und es roch so lecker, dass mir das Wasser im Mund zusammenlief. So ging das fast ein Jahr lang. Doch dann, eines Morgens, bin ich nach Hause gekommen – und sie war nicht mehr da.“

Um das lautlose Weinen des Alten zu unterbrechen, das ihm durch und durch ging, mehr als jegliches Gejammer, ließ Duca den kleinen Bleistift, den er gerade in der Hand hielt, auf den Tisch fallen, und tatsächlich erregte der kurze, harte Ton die Aufmerksamkeit seines Gegenübers. Unvermittelt hörte er auf zu weinen. Duca sagte: „Dann setzen wir jetzt also eine neue Anzeige auf. Wiederholen Sie mir doch bitte noch einmal Ihren Namen.“

Der Mann wischte sich erneut die Tränen von den Wangen. „Berzaghi, Amanzio“, sagte er fügsam, denn er war zwar tief erschüttert, aber auch ein pflichtbewusster Bürger, jederzeit bereit, dem Gesetz und seinen Hütern zu gehorchen.

„Geboren?“, fragte Duca weiter, während er den Namen in sein Heft schrieb. Amanzio – das war ein alter, lombardischer Adelsname.

„Am 12. Februar 1909.“

„Eltern?“

„Alessandro und Rosa Perassini, beide verstorben.“

„Der Name Ihrer Tochter?“

„Donatella.“ Dem Alten begannen erneut die Tränen über die Wangen zu laufen. „Als sie auf die Welt kam, war sie so niedlich und klein, dass ich mich zwischen all den Namen, die wir uns überlegt hatten, für diesen entschied. Doch als sie größer wurde, machten sich die Jungen immer über sie lustig und nannten sie Donatona …“

Duca schrieb *Donatella* in sein Heft. „Und jetzt beschreiben Sie mir bitte ganz genau den Tag, an dem Sie Ihre Tochter zuletzt gesehen haben.“

3

Und der Alte erzählte. Er begann morgens um sieben, als der Wecker auf seinem Nachttisch geklingelt hatte. Er hatte ihn ausgestellt, war aufgestanden und gleich in Donatellas Zimmer gegangen. Donatella hatte noch geschlafen. Ihr Bett war maßgefertigt, etwas größer als normal, doch fiel das eigentlich kaum auf. Auf dem Fußboden, dem Bett, den Stühlen – überall lagen und saßen ziemlich große Puppen herum. Donatella spielte leidenschaftlich gern mit Puppen, sie kleidete sie immer nach der letzten Mode, studierte die Schnitte in den Illustrierten und nähte sie dann nach. An jenem Morgen hatte Donatella Giglioletta, eine ihrer kleinsten Puppen, im Arm gehabt. Ihre prächtigen schwarzen Haare hatten das Gesicht der Schlafenden bedeckt, und so hatte der Vater sich über seine Tochter gebeugt und ihr die langen, schwarzen Puppenhaare aus der Stirn gestrichen, die ihr Gesicht, mit ihren eigenen blonden Haaren verflochten, so malerisch einrahmten, dass sie aussah wie eine Filmschönheit.

Als er ihr so über das Gesicht gestrichen hatte, war sie aufgewacht und hatte ihm die Hände zur morgendlichen Umarmung entgegengestreckt, ein weiches, sinnlich glückliches Lächeln auf den Lippen. Dann war er ans Fenster getreten, um das Schnappschloss zu öffnen und den Rollladen hinaufzuziehen. Viel Licht war nicht hereingefallen, denn es war ein gewittriger Märzmorgen gewesen, mit kräftigen Windböen und plötzlichen Blitzen, die die lilaschwarzen Wolken durchschnitten und einen baldigen Wolkenbruch ankündigten. Dann hatte er darüber gewacht, wie seine Tochter sich wusch und anzog. Wie immer hatte er neben ihr gestanden, ohne allzu indiskret hinzusehen, und dabei doch jede ihrer Bewegungen aufmerksam verfolgt, denn auch wenn diese Vorgänge normalerweise glatt über die Bühne gingen, gab es hin und wieder mal einen kleinen Zwischenfall, vor allem, wenn Donatella die Strümpfe am Strumpfhalter befestigen wollte. Nicht immer gelang es ihr, die Schnalle über den Knopf zu ziehen, und so konnte es leicht geschehen, dass sie sich vergaß und anfing, mit dem Strumpfhalter zu spielen und dann ihren großen, weißen Schenkel zu streicheln, bis sie das Vorhaben, das sich bei ihrer gestörten Motorik manchmal als unendlich schwierig erwies, schließlich ganz aufgab und unverrichteter Dinge durch die Wohnung schlenderte, sodass der Strumpf das wunderschöne Bein herabrutschte und ihr einen schlampigen Akzent verlieh, den die weibliche Vollkommenheit dieses Beines nun wirklich nicht verdiente. Solange ihre Mutter und ihre Tante noch lebten, hatten sie sich um diese kleinen Zwischenfälle gekümmert, ihr die Strümpfe straff gezogen und sie am Strumpfhalter befestigt. Sie hatten die Seife aufgehoben, die das Mädchen, wenn es sich wusch, wie ein verspieltes Kind immer wieder auf den Fußboden flutschen ließ. Oder sie hatten die durch ihre geistige Behinderung etwas vergessliche junge Frau immer wieder an die richtige Reihenfolge der Handgriffe beim Waschen und Anziehen erinnert, da sie dazu neigte, mit Dingen zu beginnen, die eigentlich erst später kamen, oder bestimmte Schritte einfach auszulassen.

Nach der Zeremonie des Waschens und Anziehens lief jedoch normalerweise alles wie am Schnürchen, und so war es auch an jenem Morgen gewesen. Donatella hatte den Milchkaffee zubereitet, und er hatte ihr gesagt, was sie zum Mittagessen kochen sollte. Jetzt, fünf Monate später, konnte sich der Alte allerdings nicht mehr genau erinnern, wofür er sich an jenem Tag entschieden hatte. Er ließ sie aber immer nur einfache Gerichte zubereiten – Nudeln, Eier, Pellkartoffeln, ein Stück gebratenes Fleisch –, um ihr das Leben nicht unnötig schwer zu machen. Er erinnerte sich wirklich nicht mehr, was er sie an jenem Morgen zu kochen angewiesen hatte, vielleicht Nudelsuppe? Wirklich sicher war er sich nicht. Oder waren es doch *Conchigliette al burro* gewesen?

„Das ist nicht so wichtig", wollte Duca ihn überzeugen.

Doch der alte Amanzio Berzaghi war ein Mann, der es mit der Wahrheit sehr genau nahm und auf dieser Genauigkeit bestand. Er kniff die Augen zusammen, runzelte die Stirn und meinte auf einmal: „Doch, *Conchigliette al burro,* jetzt weiß ich es wieder! Ich habe sie gebeten, *Conchigliette al burro* zuzubereiten, die mag sie für ihr Leben gern!"

Während sie beide damit beschäftigt gewesen waren, das Brot in ihren Milchkaffee zu tunken, hatte er sie also beauftragt, Nudeln mit Butter zum Mittagessen zu kochen. Dann war Amanzio Berzaghi aufgestanden, um zur Arbeit zu gehen. Doch bevor er die Wohnung verlassen hatte, war er an alle sechs Fenster getreten, um sich zu vergewissern, dass sowohl die Schlösser richtig eingeschnappt waren, die das Öffnen der Scheiben verhinderten, als auch die, mit denen die Riemen der Rollläden an großen Nägeln befestigt waren, damit die Läden weder hinauf- noch hinuntergeschoben werden konnten. Die zur Hälfte herabgelassenen Rollos tauchten die Wohnung zwar in ziemliche Dunkelheit und verliehen ihr etwas Tristes, doch war das immer noch das kleinere Übel, wenn man bedachte, dass Donatella sonst ans Fenster treten konnte, um hinauszusehen oder sich zu zeigen.

Nach der Fensterkontrolle war Amanzio Berzaghi aus dem Haus gegangen und hatte die Wohnungstür hinter sich abgeschlossen. Da weder Türen noch Fenster von innen geöffnet werden konnten, war Donatella, wenn sie allein blieb, hoffnungslos eingeschlossen. Die einzige Möglichkeit, mit der Außenwelt Kontakt aufzunehmen, war die Gegensprechanlage neben der Wohnungstür, über die sie im Notfall – zum Beispiel bei Feuer oder Gasaustritt – in der Portierloge anrufen konnte. Das hatte die Tante ihr beigebracht. In so einem Fall hätte der Portier kommen und ihr mit seinem Zweitschlüssel die Wohnung öffnen können.

Es war genau zehn nach acht, als Amanzio Berzaghi das Haus Nummer fünfzehn im Viale Tunisia verließ und direkt auf die kleine Bar gegenüber zusteuerte, um einen Grappa zu trinken. Das war sein geheimes Laster, von dem niemand etwas wusste, außer den Barmännern hinter der Theke natürlich. Nicht einmal seine Frau und seine Schwägerin hatten je erfahren, dass er sich mehrere Grappa pro Tag genehmigte, vormittags zwei oder drei, dann zwei oder drei am Nachmittag und schließlich noch mal zwei oder drei am Abend.

„Wissen Sie, als meine Frau, die gute Seele, noch lebte, musste ich abends die unglaublichsten Geschichten erfinden, um aus dem Haus gehen und meinen Grappa trinken zu können. Schließlich glaubte meine Frau, ich hätte eine Geliebte, die ich abends immer besuchte, und einmal hat sie mir deswegen eine entsetzliche Szene gemacht und sogar angefangen zu weinen."

Duca hörte zu, ohne den Alten zu unterbrechen.

„Mit dem Trinken habe ich nach einem schrecklichen Unfall angefangen, als ich aus meinem Lastzug Mailand–Bremen stieg und alles voller Blut war …" Amanzio Berzaghi erzählte, dass er seit fast fünfundzwanzig Jahren bei Gondrand arbeitete; über fünfzehn davon hatte er in der Abteilung Internationale Transporte erst als zweiter, dann als erster Fahrer die riesigen Lastzüge gesteuert, die von Mailand aus in die entferntesten Städte Europas fuhren. „Ich war sogar zweimal in Moskau", erklärte der Mann stolz. „Als wir auf dem Roten Platz hielten, kamen die Leute an, um meinen imposanten Lkw zu bestaunen. Einige sind sogar in die Fahrerkabine gestiegen, haben die Köpfe in die Koje gesteckt und wollten das Funkgerät berühren. Wir konnten gar nicht mehr weiterfahren. Ein Mann, der ein bisschen

Italienisch sprach, meinte, mein Lastwagen sei ja größer als ein Flugzeug. Am Schluss musste die Polizei kommen und die Leute wegschicken. Die Arbeit gefiel mir, und ich bin jahrelang gefahren. Ich war der Beste von allen, das können Sie im Arbeitsbuch von Gondrand nachlesen!" Der Alte reckte stolz den Kopf. „Und in all den Jahren hatte ich nicht einen einzigen Unfall!"

Schließlich war es aber doch geschehen. Mit seinem riesenhaften Lastzug, dem Mailand–Bremen, der regelmäßig zwischen der italienischen und der deutschen Stadt hin- und herpendelte, hatte er an der Bremer Peripherie die Autobahn verlassen. In der regnerischen Nacht fuhr der Lastwagen auf der glitschigen Straße nicht schneller als vierzig Stundenkilometer und blendete zur Sicherheit an jeder Kreuzung, bei jedem Schatten und jeder verdächtigen Bewegung auf. Doch auf einmal, völlig unvorhergesehen, tauchte vor seinem Kühler einer dieser lächerlich kleinen VW Käfer auf, mit einer ganzen Familie an Bord – hinterm Steuer der Vater, daneben die Mutter und auf dem Rücksitz die beiden Kinder und die Schwiegermutter. Wer weiß, aus welchem verdammten Grund das Auto bei Rot über die Ampel gefahren war – jedenfalls kam es urplötzlich aus einer Seitenstraße geschossen. Amanzio Berzaghi, der sich in aller Ruhe anschickte, die Kreuzung bei Grün zu überqueren, sah das Auto zwar noch und trat verzweifelt auf die Bremse, bloß nützte das nicht mehr viel: Der Volkswagen samt Familie wurde von dem Mailand–Bremen zerquetscht wie reife Oliven in einer Steinmühle. Durch die Vollbremsung kam der Mailand–Bremen auf der rutschigen Fahrbahn außerdem ins Schleudern und stellte sich auf der Straße quer, sodass ein Motorradfahrer, der gerade in diesem Moment angerast kam, voll in ihn hineinfuhr und auf der Stelle tot war. Amanzio Berzaghi schlug mit dem Knie gegen die Verschalung des riesigen Armaturenbretts, und die Sehne, die Kniescheibe, die Muskelstränge und der Knochen zerbarsten wie ein übers Knie gelegter Ast. Von seiner Fahrerkabine aus sah er das Blut in Strömen aus dem Blechhaufen fließen, der einst der Volkswagen gewesen war und nun unter den riesigen Rädern des Lastzugs hervorlugte. Es floss und floss, erst von einem, dann von mehreren hinzugekommenen Autos angeleuchtet, und durch den immer stärker herabprasselnden Regen wirkte es flüssig wie Kinoblut. Nicht nur durch den stechenden Schmerz in seinem kaputten Knie, sondern vor allem beim Anblick all dieses Bluts verlor er das Bewusstsein. Das Letzte, was er hörte, war ein Satz seines Beifahrers, der unter rauem Schluchzen ausstieß: „*Mamma mia*, wir haben sie alle miteinander umgebracht!"

Damit er wieder zu sich kam, flößte man ihm ein großes Glas Kirschwasser ein, und auch im Krankenwagen, der ihn in die Klinik brachte, gab man ihm weiter davon zu trinken, und so kam es, dass er, der sich nie etwas aus Schnaps gemacht hatte, sondern höchstens mal ein Glas Wein zum Essen trank, die Angewohnheit annahm, jedes Mal einen Grappa zu kippen, wenn ihm die Szene in den Sinn kam oder er sich sonst irgendwie unglücklich oder geängstigt fühlte. Man hatte zwar klargestellt, dass er keine Schuld besaß, und ihn in der Firma behalten, doch sein Knie war kaputt, und auch wenn es ihm dank der Wunder der modernen Chirurgie gelang, wieder fast normal gehen zu lernen, konnte er den Mailand–Bremen natürlich nicht mehr fahren. Man hatte ihn also ins Büro der Abteilung Internationale Transporte an der Piazza della Repubblica versetzt, denn er war nicht nur ein guter Fahrer, sondern verfügte auch über eine gewisse Bildung, und so bekam er einen Schreibtisch voller Stempel, Matrizen, Vordrucke und Kohlepapier. Ganz in der Nähe der Firma hatte er sich dann eine kleine Wohnung gemietet, im Viale Tunisia, sodass er von zu Hause bis ins Büro nur drei, vier Minuten zu Fuß brauchte.

„Auch als ich an jenem Morgen aus dem Haus kam, bin ich als Erstes in die Bar gegangen, um einen Grappa zu trinken." Er überlegte einen Moment. „Einen doppelten", gab er dann zu.

Sein langer Exkurs war offenbar beendet. Nützlich war er aber schon gewesen, denn er hatte seiner Geschichte eine menschliche Dimension verliehen, und Duca hatte sich auch eine ganze Reihe Notizen gemacht.

Nach dem doppelten Grappa war Amanzio Berzaghi um acht Uhr vierundzwanzig bei Gondrand erschienen, sechsunddreißig Minuten vor seinem offiziellen Arbeitsbeginn, war in sein Büro hinaufgegangen und hatte zu arbeiten begonnen. Seine Aufgabe war es, die Spesen der Fahrer zu kontrollieren, die mit ihren riesigen Lastzügen durch Europa fuhren. Da er selbst viele Jahre lang hinterm Steuer gesessen hatte, war er, wie die Engländer sagen, *the right man in the right place,* und da er sogar ein wenig Französisch, Englisch und Deutsch sprach, konnte ihm keiner etwas vormachen und ihm etwa gefälschte Rechnungen oder Belege von vergangenen Reisen unterjubeln.

Um Viertel nach neun hatte er zu Hause angerufen. Donatella war sofort ans Telefon gegangen und hatte mit ihrer etwas heiseren und doch so sanften Stimme „Papa" in den Hörer gerufen. Sie hatte sich immer mit diesem einen Wort, Papa, gemeldet, denn er war der Einzige, der mit ihr telefonierte. Für alle Fälle hatte er ihr jedoch beigebracht, gar nichts zu sagen und sofort wieder aufzulegen, falls doch mal jemand anderes anrufen sollte, was jedoch äußerst unwahrscheinlich war.

„Wie geht es, Donatella?"

„Ich schäle gerade Kartoffeln."

„Pass auf, dass du dich nicht schneidest."

„Ja, Papa."

„Geht es dir gut?"

„Ja, Papa. Wenn ich fertig bin mit Kartoffelschälen, tue ich die Kartoffeln in den Topf und stelle sie auf."

„Sehr gut, Donatella. Ich ruf dich bald wieder an."

Amanzio Berzaghi hatte noch eine Stunde gearbeitet und um Viertel nach zehn erneut nach dem Hörer gegriffen.

„Papa?“

„Wie geht es, Donatella?“

„Ich habe gefegt und Staub gewischt, und jetzt mache ich die Betten“, hatte Donatella ihm mit kindlichem Eifer erklärt. „Die Kartoffeln sind fertig, ich habe sie schon abgegossen.“

„Sehr gut, Donatella. Hast du auch das Gas abgedreht?“

Schließlich konnte sie das bei ihrem Geisteszustand schon mal vergessen, und das war es auch, was Amanzio Berzaghi am meisten fürchtete, selbst wenn es in mehr als einem Jahr nicht einmal vorgekommen war.

„Ja, Papa. Den Haupthahn habe ich auch zugedreht, genau wie du es mir gezeigt hast.“ Sie wirkte wie ein sechsjähriges Kind, das seiner Lehrerin stolz erzählt, wie es den Sonntag verbracht hat.

„Fein, Donatella. Bald komme ich nach dir sehen.“

„O ja, Papa“, hatte sie fröhlich geantwortet.

Amanzio Berzaghi arbeitete noch eine halbe Stunde, dann ging er. Der Büroleiter, Cavalier Servadio, hatte ihm die Erlaubnis erteilt, zweimal täglich für eine Viertelstunde den Arbeitsplatz zu verlassen. Die halbe Stunde, die er dabei verlor, arbeitete er morgens ab, indem er um halb neun erschien statt um neun. Als der Pförtner ihn erblickte, lächelte er ihm zu und drückte auf seinen elektrischen Türöffner. Und Amanzio Berzaghi verließ die Firma durch den Angestellteneingang. Humpelnd überquerte er die Piazza della Repubblica und wartete ungeduldig, dass die Ampel auf Grün sprang, humpelnd bog er dann in den Viale Tunisia ein und kam bei dem Blumenhändler an der Ecke vorbei, einem jungen Mann mit wachen Augen, der ihn freundlich grüßte: „*Buongiorno,* Signor Berzaghi.“ Bei ihm hatte er die Kränze für die Beerdigung seiner Frau und seiner Schwägerin bestellt, und bei ihm kaufte er auch immer die Blumen, wenn er zum Friedhof ging.

„*Buongiorno*“, antwortete Amanzio Berzaghi herzlich.

Humpelnd, aber mit langen Schritten, kam er schließlich zum Viale Tunisia Nummer fünfzehn, trat in den kleinen Aufzug, fuhr in den zweiten Stock hinauf, klingelte dreimal – lang, kurz, lang, das war ihr Zeichen – und schloss dann die Tür auf. Hätte jemand anderes geklingelt, hätte Donatella nicht einmal antworten dürfen. Kaum hatte er die Tür geöffnet – dazu brauchte er immer ein wenig Zeit, denn er musste den Schlüssel sechsmal umdrehen –, hörte er auch schon die Stimme seines Töchterchens.

„Papa!"

„Ich bin's, Donatella."

Er trat ein und umarmte sie, wie er es immer tat, so als habe er sie seit Monaten nicht mehr gesehen, obwohl er doch erst wenige Stunden zuvor das Haus verlassen hatte. Er umarmte sie also und führte die üblichen Kontrollen durch, Fenster um Fenster, Schloss um Schloss; und das Gas. Alles war in bester Ordnung, die Wohnung sauber und aufgeräumt. Und wie gewohnt lief auch der Plattenspieler auf dem Wohnzimmertisch. Zuletzt kontrollierte er noch die Wasserhähne im Badezimmer und in der Küche, denn einmal hatte sie das Wasser am Spülbecken bei geschlossenem Stöpsel laufen lassen. Doch richtig schlimm war es nicht gewesen, nur der Küchenfußboden hatte unter Wasser gestanden, und er hatte das kleine Unglück schnell behoben. Es war also alles in bester Ordnung gewesen. Dann hatte er Donatella noch einmal in die Arme genommen und schließlich die Wohnung wieder verlassen, um an seine Arbeit zurückzukehren.

„Es war alles wie immer gewesen, und doch fühlte ich mich ein wenig unruhig", erzählte Amanzio Berzaghi. „Es war wie eine düstere Vorahnung, irgendwie war mir nicht ganz wohl … Aber vielleicht war dieses Gefühl nur ein Vorwand, um noch einen Grappa trinken zu können."

Vorahnung oder Vorwand – jedenfalls kippte er in der Bar gegenüber einen weiteren Schnaps und kehrte dann an seinen

Arbeitsplatz zurück. Eine knappe Stunde saß er über seinen Rechnungen; dann rief er wieder zu Hause an. Seit über einem Jahr hatte er nach vier- oder fünfmal Klingeln stets die etwas heisere und doch sanfte Stimme seiner Tochter vernommen: „Ja, Papa?"

Diesmal jedoch hörte er sie nicht.

Er vernahm nur das eintönige Tuuuuuuuut – tuuuuuuuut, immer mit einigen Sekunden Pause dazwischen. Er zählte zehn, zwölf Tuuuuuuuuts, dann legte er den Hörer auf und fuhr sich über den Nacken, der plötzlich klitschnass war. Das Telefon war frei, aber Donatella ging nicht ran. Er wischte sich noch einmal den Schweiß vom Hals, doch gleich tropfte er ihm schon wieder von den Schläfen: Panische Angst hatte ihn gepackt.

Nur ruhig, sonst kriegst du einen Schlaganfall, und die arme Donatella bleibt ganz allein auf dieser Welt zurück und wird in einem Irrenhaus enden. Es kann gar nichts Schlimmes passiert sein, schließlich habe ich sie vor einer knappen Stunde noch gesehen, und auch wenn sie den Gashahn aus Versehen nicht zugedreht hat – die Fenster stehen ja trotz der Schlösser ein wenig offen, sodass sie nicht erstickt sein kann. Und wenn es angefangen hätte zu brennen, dann wäre der Portier gekommen, denn er hat ja die Schlüssel. Ob ich mich verwählt habe? Ich versuche es einfach noch einmal.

Einige Monate zuvor war es schon einmal vorgekommen, dass er sich verwählt hatte. So etwas kann passieren, selbst bei Nummern, die man im Schlaf kann, wie zum Beispiel die eigene. Das Pech hatte es damals gewollt, dass er ausgerechnet eine Nummer gewählt hatte, wo offenbar keiner zu Hause war, und das konnte ja auch diesmal geschehen sein.

Er schöpfte Hoffnung, und das gab ihm ein wenig Kraft. Er wählte erneut und wartete. Es klingelte fünfmal, zehnmal, fünfzehnmal, doch niemand nahm den Hörer ab.

Ob ich mich schon wieder verwählt habe? Meine Hand zittert ja, und meine Bewegungen sind nicht sehr präzise, dachte er, obwohl er genau wusste, dass er sich das nur einredete.

Er wählte noch einmal, und noch einmal, doch niemand nahm ab. Schließlich erhob er sich schwankend und wie gelähmt vor Angst. Stark hinkend, denn er hatte es schrecklich eilig, verließ er sein Büro. Als er ans Tor kam, fragte der Pförtner erstaunt: „Ist etwas passiert?“

„Meine Tochter geht nicht ans Telefon“, antwortete er.

Alle bei Gondrand kannten sein Schicksal. Einige Kollegen hatten ihm sogar angeboten, ihre Frau oder Schwester zu ihm nach Hause zu schicken, um auf Donatella aufzupassen. Amanzio Berzaghi hatte jedoch immer freundlich abgelehnt – nicht aus Stolz, sondern aus sachlichen Gründen, denn er war, wie alle Mailänder, äußerst praktisch veranlagt. Nein, es hatte keinen Sinn, das großzügige Entgegenkommen dieser Leute bei der einen oder anderen Gelegenheit zu nutzen. Donatella musste regelmäßig und durchgehend beaufsichtigt werden, und das hatten nur seine Frau und seine Schwägerin leisten können. Außerdem handelte es sich für einen Fremden um eine äußerst undankbare und auch langweilige Aufgabe: Wie ein kleines Kind löcherte Donatella die Erwachsenen ununterbrochen mit Fragen. Sie wollte sich immerzu unterhalten, den ganzen Tag lang. Nur eine Mutter, eine Tante oder ein Vater konnten solch ein Opfer bringen; ein Fremder hingegen hätte diese Tortur nicht länger als ein paar Tage ertragen.

„Das ist ja merkwürdig“, entgegnete der Pförtner etwas unreflektiert und naiv, während er das Knöpfchen drückte und das Tor aufsprang; doch schnell fasste er sich wieder: „Es wird schon nichts Ernstes sein, Sie werden sehen. Wahrscheinlich ist das Telefon kaputt.“

Amanzio Berzaghi antwortete nicht, sondern rannte hinkend auf die Straße, überquerte die Piazza della Repubblica, ballte die Fäuste an den roten Ampeln, lief bei der zweiten Kreuzung dann kurz entschlossen bei Rot hinüber und winkte dabei humpelnd den Autofahrern zu, die auf ihn zuschossen, als wolle er ihr Mitleid erheischen und sie gleichzeitig beschwichtigen, denn als ehemaliger Fahrer des Lastzugs Mailand–Bremen wusste er genau, was es heißt, plötzlich einen Fußgänger vor dem Kühler zu haben, der die Kreuzung bei Rot überquert. Als er ein quietschendes Bremsen zu seiner Rechten hörte, erschrak er nicht einmal, auch nicht, als die Stoßstange eines Citroën zwei Zentimeter vor ihm zum Stehen kam. Vielleicht hörte und sah er überhaupt gar nichts, er hielt sich nur die Hand auf das kaputte Knie, damit sein Humpeln weniger auffiel, kam im Viale Tunisia Nummer fünfzehn an, stürzte in den Aufzug, wischte sich keuchend den Schweiß von der Stirn und spürte ihn nun auch den Rücken hinunterlaufen, verließ den Aufzug, den Schlüssel bereits in der Hand, klingelte dreimal mit zusammengebissenen Zähnen – kurz, lang, kurz –, merkte beim Öffnen der Tür, wie seine Hände zitterten, und sah, als die Tür endlich offen stand, dass seine Donatella nicht dahinter stand und auf ihn wartete, obwohl sie sonst immer sofort angelaufen kam, sobald sie das Klingelzeichen vernahm. Und so rief sie auch nicht wie immer: „Oh, Papa!“, und er konnte sie nicht umarmen.

Er stürzte in die Wohnung und begann, sie unruhig zu durchsuchen, so wie man hastig eine Schublade durchwühlt, wenn man in Eile nach etwas sucht. Donatella war nicht da, in keinem der Zimmer. Alle Schlösser waren ordentlich eingeschnappt, alle Fenster geschlossen, der Gashahn war abgedreht, auf dem Herd stand schon der Topf mit dem Nudelwasser bereit und auf dem Küchentisch ein Teller mit den *Conchigliette,* einer mit geriebenem Parmesan und ein Päckchen Salz. Die Zimmer waren ordentlich aufgeräumt, genau wie er sie eine Stunde vorher verlassen hatte. Es gab keinerlei Hinweis darauf, dass etwas Unvorhergesehenes geschehen oder Gewalt angewendet worden war – ein umgefallener Stuhl etwa oder eine ausgekippte Blumenvase. Selbst der Plattenspieler stand an seinem gewohnten Platz zwischen Sofa und Fernseher. Aus dem Schlitz lugte

Donatellas Lieblingsplatte, „Giuseppe in Pennsylvania", gesungen von Gigliola Cinquetti. Auch er summte dieses Lied im Büro ständig vor sich hin, denn er hatte es unendlich viele Male gehört: „Giuseppe, in Pennsylvania *cosa fai*?" Kein zerbrochenes Glas, keine aufgestoßene Tür. Nichts.

Wie von Sinnen vor Angst suchte Amanzio Berzaghi seine Tochter Donatella sogar unter dem Bett, hinter dem Sofa und im Schrank, wo sie sich wegen ihrer Größe natürlich nie hätte verstecken können. Kraftlos und leer setzte er sich schließlich aufs Bett, um nachzudenken und sich den Schweiß abzuwischen. Dies hier war schlimmer, als verrückt zu werden. Nicht nur, dass seine Tochter nicht da war – es fehlte auch jeder Hinweis auf ihr unerklärliches Verschwinden: Alles war ordnungsgemäß verriegelt, das Haustürschloss mit sechs Umdrehungen abgeschlossen gewesen, die Schlösser an den Fenstern und Rollos eingeschnappt, nichts war angerührt, aufgebrochen, weggetragen oder einfach verstellt worden. Es war wie verhext: Donatella hatte sich in Luft aufgelöst. Eine Stunde zuvor hatte er sie noch umarmt; doch obwohl die Tür verschlossen und die Fenster verriegelt gewesen waren und es nicht die geringste Möglichkeit gab, die Wohnung zu verlassen, war sie jetzt nicht mehr da.

4

Der zuständige Kommissar hatte jedoch kurzerhand behauptet, dass es sich hier keineswegs um Hexerei oder Magie handelte. Es gab nur eine einzige Erklärung für das Verschwinden des Mädchens: Irgendjemand, der genau über Berzaghis Situation Bescheid wusste, hatte sich am Türschloss zu schaffen gemacht, vielleicht auch die üblichen drei Mal geklingelt, und war so in die Wohnung eingedrungen. Womöglich war es ein hübscher junger Mann gewesen, und Donatella hatte nicht einmal Widerstand geleistet, sondern war ihm willig gefolgt. Der Entführer musste dabei alle Details genauestens bedacht haben, zum Beispiel, wie er aus dem Haus kam, ohne vom Portier gesehen zu werden, oder wie er es vermied, auf der Straße mit dieser riesenhaften, selbstvergessenen Frau Aufsehen zu erregen. Wenn man sich nach dem Grund der Entführung fragte, so gab es da eigentlich nicht viele Möglichkeiten. Erpressung kam jedenfalls nicht in Frage, denn Amanzio Berzaghi war ein einfacher Angestellter und hätte nie die Mittel gehabt, ein Lösegeld zu zahlen. Rache war auch ausgeschlossen, denn Donatellas Vater hatte keine Feinde, im Gegenteil: Alle, die ihn kannten, waren von seinem Schicksal tief betroffen und gerührt. Und da Donatella in völliger Abgeschiedenheit lebte, hatte sie selbst erst recht keine. Der Entführer konnte also nur ein einziges Motiv gehabt haben, auch in Anbetracht der außergewöhnlichen Schönheit und des beeindruckenden Körpers dieses Mädchens: sexuelle Ausbeutung und Prostitution. Donatella Berzaghi musste von jemandem entführt worden sein, der detailgenau über sie informiert war – sowohl über ihren geistigen

Zustand als auch über ihre täglichen Gewohnheiten – und der offenbar vorhatte, sie in einem gastlichen Apartment gut betuchten Kunden anzubieten, die bereit waren, teuer für eine geistig Zurückgebliebene zu zahlen, die so schön war wie sie – und dazu noch Nymphomanin!

Nach Ansicht des wackeren Beamten vom Bezirkskommissariat kam nur diese eine Spur in Frage, und so verfolgte er sie in zwei Richtungen. Zunächst nahm er alle Einwohner des Viale Tunisia Nummer fünfzehn unter die Lupe. Denn um Donatella Berzaghi wie beschrieben verschwinden lassen zu können, musste der Entführer jemand sein, der der Familie beziehungsweise dem Vater des Mädchens irgendwie nahestand. Vielleicht ein Nachbar. Doch die Verhöre hatten zu keinem Ergebnis geführt. Alle Hausbewohner waren Freiberufler, Angestellte oder Rentner, und es war schwer vorstellbar, dass sie etwas mit einer Entführung dieser Art zu tun haben könnten. Der Verdächtigste von allen war der Portier. Ihm hatte Amanzio Berzaghi die Wohnungsschlüssel gegeben, damit er Donatella bei Ausbruch eines Feuers oder einer anderen Gefahr die Tür öffnen konnte. Da der oder die Entführer außerdem keine andere Möglichkeit gehabt hatten, als das Haus mit dem Mädchen durch den Haupteingang zu verlassen, war es ziemlich merkwürdig, dass der Portier hartnäckig darauf bestand, niemanden gesehen zu haben. Doch nachdem der Kommissar ihn mehrmals stundenlang verhört hatte, war er zu dem Schluss gekommen, dass der Hauswart nichts mit der Geschichte zu tun hatte. Das jedenfalls stand in seinem Bericht.

Der zweite Bereich, in dem der eifrige Kommissar, von der grenzenlosen Verzweiflung des alten Vaters gerührt, seine Nachforschungen angestellt hatte, war die Rotlichtszene. Doch ist die Welt der Bordelle so unendlich weit verzweigt und komplex und von so vielen üblen Subjekten bevölkert, die sich auf verschiedenste Weise an der Prostitution bereichern, dass das spärliche

Trüppchen der Sittenpolizei selbst nach monatelangen Ermittlungen nicht fündig geworden war und den riesigen, ja fast unendlichen Acker der sexuellen Ausbeutung trotz aller Mühe erst zu einem Hundertstel umgepflügt hatte. Im Übrigen war es nicht unwahrscheinlich, dass Donatella vielleicht sogar ins Ausland verschleppt worden war – nach Südamerika oder Asien, wo weiße Frauen besonders begehrt sind –, sodass das Terrain des Lasters, wo sie nach dem Mädchen suchen mussten, geradezu galaktische Ausmaße angenommen hatte.

Natürlich hatte sich die Sittenpolizei auch an Interpol gewandt, und außerdem lagen in den Polizeipräsidien aller großen italienischen Städte auf irgendwelchen Schreibtischen die entsprechenden Papiere – die Vermisstenanzeige mit dem Fahndungsvermerk, Fernsprechnachricht Nr. 658/h oder 329/b –, zusammen mit all den anderen Fahndungsvermerken, anbei jeweils die Fotokopie eines Bildes des Gesuchten. Doch wenn ein Polizeibeamter tatsächlich rein zufällig auf einen dieser vielen Vermissten stieß, so war es schon erstaunlich genug, wenn er sich sowohl an dessen Foto als auch an den entsprechenden Vermerk erinnerte, den Verschwundenen wiedererkannte und sagte: „Hoppla, da ist er ja!“ Aber so einen Vermissten zu suchen? Wo hätte er denn die Zeit dafür hernehmen sollen? Nein, das war unmöglich, selbst wenn der Tag achtundvierzig Stunden gehabt hätte. Schließlich hat die Massengesellschaft zu einer Massenkriminalität geführt. Heutzutage ist es einfach nicht mehr denkbar, dass die Polizei nach einzelnen Verbrechern fahndet; heutzutage werden kurzerhand Razzien durchgeführt, und dabei bedient man sich der Schleppnetze der verschiedenen Einheiten, sei es nun das Drogendezernat oder die Einheit für Menschenhandel mit Frauen aller Hautfarben – weiß, schwarz, gelb –, die Einheit für Raubüberfälle, für Geldfälschung oder für Zockerei. Die Netze werden durch das trübe Meer gezogen, in denen es vor Dieben, Zuhältern, Dealern nur so wimmelt, und sind sie dann eingeholt, werden die gefangenen Fische verhört, egal, ob sie groß oder klein sind. Und so kann es vorkommen, dass man ein winziges Fischlein schnappt, das zugibt, in Rimini den grauen Mercedes eines Deutschen geknackt zu haben – um genau zu sein, das Auto von Herrn Ludwig Hattermeier, der den Diebstahl am 4. August angezeigt hat; oder dass man einen richtig großen Fisch erwischt, einen ehrenwerten Herrn, der aus Süditalien in das reiche Mailand gekommen ist, um dort eine Zweigstelle der *Cosa Nostra* aufzubauen, und dass man ihm dabei einen Strich durch die Rechnung macht und ihn freundlich, oder jedenfalls ziemlich freundlich, dazu bringt, die Namen von irgendwelchen Komplizen oder womöglich sogar von seinem Chef auszuspucken. Dank dieser unermüdlich und mit rationaler, ja fast wissenschaftlicher Genauigkeit ausgeworfenen Schleppnetze versucht die Polizei in aller Welt, den sogenannten „Delinquenz-Quotienten", DQ, der leider überall und ständig zunimmt, unter Kontrolle zu halten.

Doch bei den Hunderten von Razzien, die die Polizei in den letzten fünf Monaten, also seit Donatella Berzaghis Verschwinden, in ganz Italien durchgeführt hatte, war nicht ein einziger Fisch gefangen worden, weder ein kleiner noch ein großer, der irgendetwas mit der Entführung des Mädchens zu tun gehabt hätte – als Kidnapper, Komplize oder Mitwisser, als Leiter eines privaten Bordells oder einfach als dort angestellte Putzfrau. Auch von Interpol und aus den großen europäischen Hauptstädten war kein einziger Hinweis gekommen. Zwischen Marseille und Hamburg hatte niemand eine junge, fast zwei Meter große und zwei Zentner schwere Frau aufgetan. Und der Polizei war kein einziger Fisch ins Netz gegangen, der auch nur irgendetwas über sie wusste.

Mehr als fünf Monate lang hatte der arme, alte Vater an das Büro des armen, heillos überlasteten Bezirkskommissars geklopft und sich immer wieder nach seiner Tochter erkundigt;

und mehr als fünf Monate lang hatte er stets dieselbe Antwort erhalten: „Tut mir leid, Signor Berzaghi, aber wir haben noch immer nichts herausbekommen."

Duca Lambertis Antwort hingegen war eine andere. Am Ende des langen Gesprächs mit dem völlig aufgelösten Vater, dem die Tränen so leicht kamen, öffnete er diesem die Tür, blickte ihm fest in die brennenden Augen, die getränkt waren vom Schmerz seines über fünfmonatigen Wartens, und sagte: „Ich werde die Ermittlungen noch einmal völlig neu aufrollen, ich persönlich – und ich versichere Ihnen, dass wir alles Menschenmögliche tun werden, um Ihre Tochter wiederzufinden, und", fügte er hinzu, damit dieser Mann die Kraft fand, noch ein wenig länger durchzuhalten, „und dass wir sie finden werden."

Dann schloss Duca Lamberti die Tür hinter ihm. Er spürte, dass er zu allem bereit gewesen wäre, um die Tochter dieses Mannes zu finden – sogar bereit zu töten. Viel musste er jedoch nicht tun. Er hatte gerade mal eine gute Woche Zeit gehabt, um sämtliche Dossiers über Donatella Berzaghis Verschwinden zu studieren – die lokalen, die nationalen und die von Interpol –, als die junge Frau plötzlich ganz unvermutet aufgefunden wurde.

5

Mit Mascaranti am Steuer und Duca Lamberti auf dem Beifahrersitz glitt der große Alfa langsam durch die laue Oktobernacht. Der Himmel wölbte sich sternenklar über der Stadt, die noch kein einziges Anzeichen von Herbst aufwies: keinen Wind, keine Nässe, keine Blätter, die von den spärlichen Mailänder Bäumen fielen. Eigentlich musste man eher an einen kühlen Augustabend denken, auch wegen der vollkommenen, fast unwirklichen Klarheit der Luft, in der nicht einmal ein Hauch von Nebel lag. Die Straßen waren jetzt um halb elf fast leer, und als der Alfa über die Piazza della Repubblica fuhr, kam es ihnen so vor, als durchquerten sie die dunkle Weite der Sahara. In seiner Jackentasche, sorgfältig in Watte gewickelt, hielt Duca eine gebrauchsfertige Spritze Mixopan bereit. Seine Hand lag auf der Tasche, als müsse er sich ständig vergewissern, ob die Spritze noch da war. Im Vorbeifahren betrachtete er die praktisch leere Piazza della Repubblica und dann den ebenfalls einsam daliegenden Viale Torino, bis das Auto schließlich im Viale Tunisia vor der Hausnummer fünfzehn zum Stehen kam.

Unten am Hauseingang erwartete sie Amanzio Berzaghi, der telefonisch über ihr Kommen benachrichtigt worden war. Duca Lamberti stieg aus. Der Alte zitterte, ja, er schlotterte regelrecht, die Augen von einer schrecklichen Ahnung erfüllt.

„Was ist geschehen?“, stammelte er.

„Ihre Tochter ist …“, begann Duca.

Der Alte unterbrach ihn und murmelte etwas Unverständliches. Seine Worte waren kaum zu verstehen, selbst seine Stimme war fast nicht vernehmbar, denn er flüsterte, als fürchte er, die Stille und den Frieden des Viale Tunisia, der an diesem Abend so unwirklich ruhig dalag, zu stören. Doch aus den Wortfetzen meinte Duca etwas herauszuhören wie: „Ich möchte sie sofort sehen. Wo ist sie? Wo?"

„Ja, natürlich", entgegnete Duca sanft und nahm seinen Arm. „Aber vielleicht gehen wir lieber erst einen Moment in Ihre Wohnung hinauf, um dort zu reden."

Amanzio Berzaghi hob den Blick, der voller Vertrauen war, voller Freude über die wiedergefundene Tochter, und doch gleichzeitig auch voller Angst. „Ist etwas Schlimmes passiert?", fragte er.

„Lassen Sie uns nach oben gehen, ich muss mit Ihnen reden", wiederholte Duca.

Der Alte nickte und stieß das Haustor, das bereits geöffnet war, noch ein wenig weiter auf, ließ Duca und Mascaranti vorbeigehen und schloss die Tür dann wieder zu. „Der Aufzug ist ziemlich eng", entschuldigte er sich ein wenig verstört. Es stimmte: Zu dritt hatten sie zwar gerade noch Platz, aber sie standen so dicht beieinander, dass ihre Gesichter sich fast berührten. Plötzlich rief Amanzio Berzaghi nicht sehr laut, aber dafür umso entschiedener und nun ohne die geringste Verwirrung in der Stimme: „Was ist passiert? Ist sie tot? Wenn sie nicht tot wäre, wären Sie sicher nicht so spät am Abend zu mir gekommen!"

Der Aufzug hielt. Der Alte stand mit dem Rücken zur Tür, stieß sie aber nicht auf, sondern blieb stehen, wo er war, und wiederholte klar und fast mechanisch: „Ist sie tot? Wenn sie nicht tot wäre, wären Sie nicht so spät am Abend zu mir gekommen!"

Duca tastete nach der Spritze in seiner Jackentasche. Polizist zu sein ist manchmal sehr, sehr schwer. „Ja, sie ist tot." Auch er sprach klar und deutlich, damit der Alte ihn sofort verstand und es keinerlei Zweifel geben konnte.

So standen sie in dem Aufzug, und erst nach einer Weile merkte der Alte, der Ducas klar artikulierten Satz vernommen und auch seine Bedeutung verstanden hatte – nämlich dass seine Tochter tot war –, erst nach einer Weile merkte er, dass der Aufzug längst angekommen war, und so trat er beiseite, öffnete die beiden Klapptüren, sagte: „Entschuldigen Sie", als er dabei gegen Duca und Mascaranti stieß, ging zur Wohnungstür und schloss sie auf. Seine Hand zitterte plötzlich gar nicht mehr, sondern war ruhig, als hätte die Nachricht vom Tod seiner Tochter ihm unversehens seine Selbstkontrolle wiedergegeben, seine zuvor durch die tragische Unsicherheit geschwächte körperliche und moralische Kraft. Jetzt wusste er zumindest, woran er war.

„Treten Sie ein", forderte er die beiden Polizisten auf, als er die Wohnungstür geöffnet hatte. Der Ton seiner Stimme hatte sich schon wieder verändert, sie klang jetzt, als käme sie von einem Tonband oder aus einem etwas knarrenden Transistorradio. Duca und Mascaranti traten in die kleine Wohnung. Duca sah, wie Amanzio Berzaghi leicht schwankte, und packte ihn instinktiv am Arm.

„Danke", sagte der Alte freundlich, aber fest und befreite sich von der ungebetenen Stütze. Dann schaltete er alle Lichter in dem kleinen Wohnzimmer ein. „Setzen Sie sich." Er bedeutete Duca und Mascaranti, auf dem Sofa Platz zu nehmen, und versank selbst in einem kleinen Sessel. Auf dem runden Tischchen zwischen den Sesseln und dem Sofa stand ein roter Plattenspieler, in dem seit fünf Monaten stets dieselbe Platte steckte, denn Amanzio Berzaghi hatte sie seit dem Morgen, an dem seine Tochter verschwunden war, nicht angerührt. Es war „Giuseppe in Pennsylvania", gesungen von Gigliola Cinquetti.

„Ich will sie sehen, auch wenn sie tot ist. Und zwar sofort", sagte Amanzio Berzaghi mit dieser brüchigen Stimme, die immer tiefer und unpersönlicher wurde, bis sie nichts Menschliches mehr an sich hatte, sondern wirkte wie die Stimme einer Maschine, eines Roboters. „Natürlich, deswegen sind wir ja gekommen“, antwortete Duca. „Aber zuerst muss ich mit Ihnen sprechen.“

Der Roboter mit dem weißgrauen, buschigen Gesicht erwiderte: „Reden Sie!“ Es war mehr ein Befehl als eine freundliche Aufforderung.

Noch einmal strich Duca Lamberti mit der Hand über seine rechte Jackentasche, wo er die Spritze mit dem Mixopan hatte, betrachtete den knallroten Plattenspieler, streifte mit dem Blick kurz das Gesicht des Alten und die Einrichtung des Wohnzimmers – Stil „19. Jahrhundert für den Geldbeutel des kleinen Mannes“ – und begann schließlich zu reden.

6

Gestern Morgen, auf der alten Landstraße nach Lodi, wurde Ihre Tochter …“, begann Duca Lamberti stockend.

Es gibt Momente, in denen es nicht einfach ist, überhaupt etwas über die Lippen zu bringen, nicht einmal eine unverbindliche Phrase wie „Guten Tag“. Doch was er jetzt tun musste, nämlich diesem Vater beizubringen, dass seine Tochter tot war, war ein fast übermenschliches Unterfangen, auch wegen der besonderen Umstände dieses Todes, Umstände, die er dem Vater notgedrungen mitteilen musste, auch gesetzlich war er dazu verpflichtet. Und so begann er, langsam und zögernd nach Worten zu suchen, nach Begriffen, nach Phrasen, nach einer Syntax, die den Tatbestand möglichst – obwohl diese Möglichkeit eigentlich kaum bestand – abschwächte, damit er etwas von seinem namenlosen Entsetzen verlor.

„Gestern Morgen, auf der alten Landstraße nach Lodi, wurde Ihre Tochter …“, wiederholte Duca Lamberti also und begann, auf die Einzelheiten der schrecklichen Geschichte einzugehen.

Am Morgen zuvor, auf der alten Landstraße nach Lodi – in der Antike hatte sie Via Emilia geheißen –, hatte es, wie immer gegen sieben, schon zahlreiche Autos und Lastwagen gegeben. Es war ein klarer Tag und nicht einmal kühl. Die ersten Bauern arbeiteten bereits auf dem Feld, und auf einem Hof in der Nähe von Muzzano machte sich ein Traktor zu schaffen, dessen spielerisches Tuckern sich in der Weite der Ebene verlor. Am Straßenrand, rechts und links von der altehrwürdigen Via Emilia, die die Poebene gerade wie ein Pfeil durchschneidet, wurde schon hier und da ein Feuerchen angezündet, in das die Bauern, nachdem sie ihre Felder bestellt hatten, Unkraut, verfaulte Blätter und Strohreste warfen. Bloß, dass diese Feuerchen nie wirklich brannten, sondern meist nur vor sich hin schwelten. Manchmal entstand dabei dicker Rauch, manchmal ein unangenehmer Geruch, und es kam vor, dass der Qualm über die Fahrbahn wehte und den Auto- und Lastwagenfahrern, die in dem Moment gerade vorbeikamen, den Eindruck vermittelte, sie führen mitten durch ein großes Feuer, sodass sie für eine kurze Strecke den mal mehr, mal weniger angenehmen Geruch verbrannter Pflanzenabfälle einatmeten.

Einige Lastwagen- und auch ein paar Autofahrer bemerkten beim Durchqueren einer dieser Rauchwolken, dass der Qualm einen eigenartigen, äußerst unangenehmen Geruch verbreitete: Er roch weder nach Herbstblättern noch nach Dung oder irgendwelchem Unrat wie alten Autoreifen oder einem kaputten Fahrradmantel, sondern hatte ein widerlich süßes Aroma. Doch obwohl die Autos, oder besser die Autofahrer, diesen ungewohnten, ja ekelerregenden Geruch durchaus bemerkten, nahmen sie ihn, nachdem sie die Rauchwolke hinter sich gelassen hatten, nicht mehr wahr und vergaßen ihn sogleich wieder. Ein Bauer jedoch, der mit seinem Gewehr an ebendieser Stelle vorbeikam, auf der Suche nach seiner tollwütigen Katze, die er umbringen musste, damit sie nicht mehr über den Hof strich und fauchend und sabbernd um seine Enkelkinder oder Hühner herumsprang, um ihnen die Augen auszukratzen, dieser Bauer also, der mit seinem schwankenden Gewehr auf der Schulter dort vorbeikam und es als Mann vom Land gewohnt war, seinen Geruchssinn zu gebrauchen, nahm den merkwürdig süßlichen Gestank auf einmal wahr und sah den dicken Rauch am Straßenrand der altehrwürdigen Via Emilia, genau an der Grenze zu seinem Feld. Er ging dem Geruch nach, dessen Ursprung mit jedem Meter, den er sich näherte, eindeutiger wurde, und kam ungläubig zu dem qualmenden Haufen, der diesen schaurigen Gestank verbreitete. Zwischen den Rauchfetzen, die von dem an sich harmlosen Scheiterhaufen aufstiegen, entdeckte er eine große, sehr große, riesengroße Hand, die aus dem vor sich hin schwelenden Abfall und Gestrüpp herausragte, eine Hand mit rot lackierten Fingernägeln – also eine Frauenhand. Und es war ein verspieltes, kindliches Rot. Obwohl der ungeschlachte Bauer aus der Umgebung von Lodi, als er begriff, was er dort sah, plötzlich einen starken Brechreiz verspürte, riss er sich zusammen, kletterte, das schwankende Gewehr auf der Schulter, auf den Fahrdamm, lief mit erhobenen Armen auf das erstbeste Fahrzeug zu, das gerade vorbeikam, zwang es mit heftigem Winken anzuhalten und keuchte, den Brechreiz unterdrückend, dem Fahrer zu: „Da ist eine Frau drin, die brennt, verständigen Sie sofort die Polizei …“

Er musste seinen Satz, den er in dem tiefen, rauen Dialekt von Lodi vorgebracht hatte, wiederholen, während der unerträglich stinkende Rauch über die Straße wehte. „Da ist eine Frau drin, die brennt, verständigen Sie sofort die Polizei!“ Doch obwohl der Mann hinterm Steuer seine Worte deutlich vernommen hatte, sah er den Bauern durchdringend und ungläubig an, als sei er Opfer eines makabren Scherzes geworden oder als habe er es mit einem Betrunkenen zu tun. Auch war er ein wenig verärgert, dass man ihn angehalten hatte, da er sowieso schon ziemlich spät dran war.

„Ich habe eine Hand gesehen, die da raussieht, sie hat rot lackierte Fingernägel, es ist eine Frau, die da verbrennt“, fuhr der Bauer in seinem starken Dialekt fort, obwohl er sich bemühte, so gut er konnte, italienisch zu sprechen, um besser verstanden zu werden.

Da begriff der Mann am Steuer: Das, was dieser Bauer sagte, war wirklich und wahrhaftig wahr. Er stellte sich jenseits des rauchenden Vorhangs, dessen unheimlichen Geruch er jetzt wahrnahm, die Hand mit den lackierten Fingernägeln vor, die aus dem schwelenden Haufen herausragte, und spürte dabei, genau wie der Bauer, wie sein Magen sich eisig zusammenkrampfte. Heiser krächzte er: „Ja, ich mach mich sofort auf den Weg, jetzt gleich“, und fuhr mit einem heftigen Ruck an, denn er hatte zu stark Gas gegeben und die Kupplung zu schnell kommen lassen.

Die Carabinieri von Muzzano waren im Handumdrehen zur Stelle gewesen, und wenig später war auch ein Spezialfahrzeug aus Mailand mit einer Besatzung in feuerfesten Anzügen eingetroffen. Im Leichenschauhaus war man – wenn auch nicht mit unumstößlicher Gewissheit – zu dem Schluss gekommen, dass der Tod der jungen Frau am Vorabend, so gegen Mitternacht, eingetreten war und ihr Körper mindestens seit fünf Uhr morgens, wenn nicht länger, in der Glut gelegen haben musste. Wirklich sicher waren sich die Ärzte allerdings nur in dreierlei Hinsicht. Erstens: Bevor die Frau in den schwelenden Laubhaufen gesteckt worden war, hatte man ihr brutal das Gesicht eingeschlagen, vermutlich um ihre Identifizierung zu erschweren, und die Glut hatte das zerstörerische Werk dann vollendet. Zweitens: Die Frau war fast einen Meter fünfundneunzig groß und musste drittens, wenn man den Gewichtsverlust berücksichtigte, der mit den schrecklichen Umständen ihres Todes zusammenhing, mindestens fünfundneunzig Kilo gewogen haben.

Diese beiden letzten Daten waren die einzigen Anhaltspunkte, die darauf hinwiesen, dass es sich bei der Toten vielleicht um Donatella Berzaghi handelte. Donatella Berzaghi war zwar nicht die einzige Italienerin, die einen Meter fünfundneunzig groß war und fünfundneunzig Kilo wog, doch war sie die einzige Frau von diesen Ausmaßen, die auf geheimnisvolle Weise von zu Hause verschwunden war.

Duca Lamberti war sich absolut sicher, dass die Verstorbene Donatella Berzaghi war, und das hatte er ihrem Vater im Fahrstuhl ja auch deutlich gemacht. „Ja, sie ist tot“, hatte er mit fester Stimme gesagt. Nach dem Gesetz bedurfte es jedoch einer offiziellen Identifizierung: Irgendjemand musste sich den übel zugerichteten Leichnam ansehen und dann zu Protokoll geben, dass aus den besonderen Kennzeichen a, b, c und d des Leichnams hervorging, dass es sich um die Überreste von Donatella Berzaghi handelte; und das musste dann auch beeidet werden.

Ohne diese Prozedur würde der Leichnam von Gesetzes wegen als „Leichnam von Unbekannt“ registriert werden, und in diesem Fall war es unmöglich, nach dem Mörder von Donatella Berzaghi zu suchen, denn dann wäre ja nicht einmal klar, dass sie umgebracht worden war. Solange es keinen Beweis für ihren Tod gab, war Donatella Berzaghi für das Gesetz weiterhin lebendig.

Der einzige Mensch auf der Welt, der feststellen konnte, ob der verkohlte Körper im Mailänder Leichenschauhaus seiner Tochter Donatella gehörte, war ihr Vater Amanzio Berzaghi. Und wenn er sie erkannte, konnte er dies auch beeiden.

Duca Lamberti war also in den Viale Tunisia gekommen, um die scheußlichste, abstoßendste, widerwärtigste Aufgabe wahrzunehmen, die einem Polizisten widerfahren kann: nämlich einen Vater zu bitten, den geschundenen Leichnam seiner Tochter auf einem kalten Marmortisch des Leichenschauhauses zu identifizieren. Das hatte er nun erledigt: Er hatte seine sadistische Bitte ausgesprochen.

„Natürlich, ich komme sofort mit“, sagte Amanzio Berzaghi. „Gehen wir!“ Er war offenbar gewillt, das Leichenschauhaus umgehend aufzusuchen. Und um sich aufzurichten, stützte er die Hände auf die bescheidenen Armlehnen des noch bescheideneren Sessels, in dem er saß. Doch trotz der sterilen Sprache, die Duca Lamberti gewählt hatte, um den Tod seiner Tochter zu beschreiben – eine Sprache, die jede Einzelheit sorgfältig vermied, Adjektive nur mit beinahe schon verlogener Behutsamkeit verwandte und sich auf das absolut Notwendige beschränkte, um den Vater, der fassungslos zuhörte, nicht unvermittelt in den Abgrund des Wahnsinns zu stoßen –, gelang dem Alten der Versuch aufzustehen nur halb, und er wäre geradewegs vornübergekippt, hätte Duca Lamberti, der ihn ununterbrochen beobachtet und bemerkt hatte, wie sein Gesicht im Laufe der Geschichte immer blasser geworden war, den Kollaps nicht vorausgesehen und den Alten nicht aufgefangen. Nun nahm er ihn auf den Arm wie ein müdes Kind, das man abends ins Bett trägt.

„Mascaranti, sieh mal nach, wo das Schlafzimmer ist", wies er seinen Begleiter an.

Mascaranti hastete durch die kleine Wohnung und kam als Erstes in das Zimmer, das Donatella gehört haben musste: Das Bettsofa war voller Puppen, eine davon riesengroß, und alle trugen lange, prächtige Kleider und sahen aus wie Schneewittchen als Königin.

„Hier lieber nicht", meinte Duca. „Wenn er zwischen den Puppen seiner Tochter zu sich kommt, trifft ihn sicher der Schlag. Es ist besser, wir bringen ihn in sein eigenes Zimmer."

Der Raum des Alten befand sich gleich nebenan. Duca legte ihn aufs Bett, fühlte ihm den Puls und stellte fest, dass er nur noch sehr schwach war. Er nahm die Spritze aus der Tasche, zog dem Alten Hemd- und Pulloverärmel hoch, suchte eine etwas weniger buschige Stelle, an der die grauen Haare spärlicher standen, drückte die Nadel in den Muskel des entblößten Arms und injizierte ihm das gesamte Mixopan. Dann wickelte er die leere Spritze in die alkoholgetränkte Watte und steckte sie in seine Jackentasche zurück. Nun lockerte er dem Alten die fest um den Hals gebundene Krawatte, knöpfte den obersten Hemdknopf auf, löste ihm den Gürtel und nahm schließlich erneut sein Handgelenk zwischen die Finger, um ihm nochmals den Puls zu fühlen. Er war immer noch sehr schwach. Duca wandte sich an Mascaranti. „Geh doch mal in die Küche und sieh zu, ob du einen Grappa oder irgendetwas anderes Scharfes findest.“ Mascaranti eilte aus dem Zimmer, und gleich darauf hörte Duca durch die nächtliche Stille die Türen des Küchenschranks klappen. Er betrachtete den Alten, während er ihm weiter den Puls fühlte: Da lag er auf dem Bett mit geschlossenen Augen, still und völlig kraftlos, als sei er innerlich zerbrochen. Tot war er zwar nicht, und er lag auch nicht im Sterben; doch er wirkte kaputt wie ein Radio mit durchgebrannten Transistoren, das zwar von außen heil aussieht, aber für immer stumm bleiben wird.

Während er ihn so betrachtete, spürte Duca erneut den brennenden Wunsch in sich aufsteigen, den- oder diejenigen zu töten, die die Tochter dieses alten Mannes umgebracht hatten – und wenn es zehn oder zwanzig waren! Wie gerne hätte er die abscheulichen Individuen, die diese grauenvolle Tat begangen hatten, kaltgemacht!

„Grappa hab ich keinen gefunden, nur Wein“, berichtete Mascaranti, als er ins Schlafzimmer zurückkam.

Duca schüttelte den Kopf. Wein brachte in diesem Fall nichts. Um sein Laster, das ihn immer mal wieder nach einem Grappa greifen ließ, nicht ausufern zu lassen, hatte Amanzio Berzaghi offensichtlich keinen Schnaps in der Wohnung, sodass er jedes Mal das Haus verlassen musste, wenn er einen trinken wollte.

„Macht nichts“, erwiderte Duca. Er merkte, dass der Puls des Alten allmählich auf das Mixopan reagierte und nach und nach kräftiger wurde. Er versuchte, nicht darüber nachzudenken, wie sich ein Vater fühlen muss, der seine geistig zurückgebliebene Tochter über alles liebt und dann erfährt, dass sein Kind umgebracht und in einem Feuer aus Pflanzenabfällen am Straßenrand verbrannt worden ist. Doch vergeblich: Immer wieder kehrten seine Gedanken wie masochistisch zu den Gefühlen zurück, die diesen armen Alten gequält haben mussten und dies wohl noch immer taten.

„Brigadiere …"

Die Stimme schien aus einem Brunnen abgrundtiefen Schmerzes heraufzutönen und ließ Duca, der Mascaranti gerade anweisen wollte, eine Flasche Grappa zu besorgen, jäh herumfahren.

Er sah, dass der Alte die Augen geöffnet hatte. Unter der dichten Hecke seiner Augenbrauen, ganz tief in seinen Augenhöhlen, erkannte er einen dunklen Schimmer, unbeweglich wie die Leuchtziffern eines großen Weckers.

„Machen Sie sich keine Sorgen, es war nur eine kurze Ohnmacht", erklärte Duca, der ahnte, dass der Alte Angst vor einem Herzinfarkt hatte.

Amanzio Berzaghi sah ihn fest an. Ein paar lange Sekunden ließ er den Blick auf Duca ruhen, dann sagte er: „Es geht mir gut, *Brigadiere*." Seine Stimme klang brüchig und kratzig, wie von einem alten Plattenspieler. „Wir können gehen." Er meinte wohl: Jetzt können wir ins Leichenschauhaus gehen und meine Tochter identifizieren, und stützte einen Arm aufs Bett, um sich aufzurichten. Doch Duca zwang ihn, noch einen Moment liegen zu bleiben.

„Warten Sie noch einen Augenblick", sagte er.

„Ich würde lieber gleich gehen", widersprach der Alte.

„Ja, natürlich", entgegnete Duca. „Aber erst muss ich mit Ihnen sprechen."

Mixopan ist ein Mittel, das belebend auf die Psyche wirkt und vor allem geistige Klarheit verleiht. In Fällen wie diesem wurde es gern benutzt, da man herausgefunden hatte, dass die rasche Stärkung der psychischen Verfassung bei einer Depression oder einem Kollaps die Wiederherstellung der normalen Körperfunktionen beschleunigt: Von einem klaren, effizienten Geist angetrieben, kehrt der Körper schneller zur Normalität zurück.

Die Augen des Alten mit diesem merkwürdig matten, phosphoreszierenden Schimmer – fast sah es so aus, als sei er von vollkommener Gefühllosigkeit erfasst – deuteten durch ein fast unmerkliches Aufglimmen ein Nicken an. Ja, er würde ihm zuhören. Allerdings nur aus Höflichkeit.

„Sie sind keineswegs verpflichtet, ins Leichenschauhaus zu gehen, um Ihre Tochter zu identifizieren“, begann Duca. „Sie können sich auch weigern.“

„Ich möchte meine Tochter wiedersehen“, entgegnete Amanzio Berzaghi, der durch das Mixopan gestärkt und geistig jetzt vollkommen klar war.

„Bitte, versuchen Sie zu verstehen“, fuhr Duca fort. Er kleidete jedes Wort in eine dicke Schicht Watte, um das Entsetzen der blutigen Tat abzumildern. Er wollte dem Alten begreiflich machen, dass er unmöglich „seine Tochter wiedersehen“ konnte: Donatella war brutal umgebracht und völlig entstellt worden, möglicherweise hatte man ihr Gesicht mit einem Stein eingeschlagen; und um sie endgültig unkenntlich zu machen, hatte man ihren Körper schließlich kaltblütig verbrannt, bis der Bauer, der mit dem Gewehr über der Schulter auf der Suche nach seiner tollwütigen Katze war, sie – und zuallererst die rot lackierten Fingernägel – in dem qualmenden Haufen entdeckt hatte.

„Sie sind nicht verpflichtet, ins Leichenschauhaus zu gehen“, wiederholte Duca. „Das Gesetz kann Sie nicht zwingen, Ihre Tochter unter diesen Umständen zu identifizieren. Wenn Sie mir eine Erklärung unterschreiben, dass Sie sich weigern, reicht das für die Bürokratie völlig aus.“ Er knirschte mit den Zähnen vor Wut. „Wir werden den Mörder Ihrer Tochter trotzdem finden, auch wenn Sie sie nicht identifizieren. Und wir werden ihn bestrafen.“

„Ich will meine Tochter sehen“, sagte Amanzio Berzaghi. Das Mixopan hatte nun seine volle Wirkung entfaltet, und so erhob er sich energisch und geschmeidig wie ein junger Sportler, der gerade ein paar Liegestütze gemacht hat. „Gehen wir.“

Nun standen sie alle drei beieinander, Amanzio Berzaghi, Duca Lamberti und Mascaranti. Unter der weißen Gesichtshaut des Alten war jetzt dank der Spritze eine lebendige Färbung zu ahnen, und er stand aufrecht und fest entschlossen da.

„Na gut“, willigte Duca ein. „Danke“, fügte er noch hinzu.

Der Weg zum Leichenschauhaus schien sehr kurz zu sein, jedenfalls für Duca und Mascaranti. Der Alte mochte das anders erleben. Er saß sehr gerade auf dem Rücksitz des Autos, stieg mit ihnen zusammen aus, stand mit ihnen im Dunkeln vor dem Eckgebäude, dort, wo die Straße etwas breiter wurde, trat mit ihnen ein, als der wachhabende Beamte ihnen aufschloss, ging zwischen ihnen und in Begleitung des Arztes, der unsanft aus seinem Nickerchen im Sessel geweckt worden war und nun in Hemdsärmeln vor ihnen herschlurfte, in den Keller hinunter und den Gang mit den Kühlzellen entlang, bis der Nachtwächter, der das Grüppchen anführte, stehen blieb und eine der Zellen öffnete.

Duca hielt den Alten am Arm fest und hinderte ihn so daran, gleich durch die Tür zu treten, um, wie er es nannte, „seine Tochter wiederzusehen“. Er war vorhin schon einmal hier gewesen und wusste, was es hieß, dort hineinzugehen. „Vielleicht lassen Sie es doch lieber, und wir fahren nach Hause zurück“, sagte er zu Amanzio Berzaghi. „Es ist nicht unerlässlich, dass Sie sie identifizieren. Lassen Sie es lieber, gehen wir!“ Er flehte ihn geradezu an.

Doch Amanzio Berzaghi trat entschlossen in die Kühlzelle, in der dieses blendend weiße Neonlicht brannte, das immer einen Hauch von Wahnsinn verbreitet. Duca stand direkt hinter ihm und hielt ihn weiterhin am Arm fest. Der Arzt blickte ihn an, und als Duca ihm zunickte, zogen er und der Nachtwächter das rotgraue Gummituch beiseite. Alle schauten, zuerst der Alte. Duca war ein paar Stunden vorher bereits dort gewesen, doch jetzt, während er den Arm des Vaters der Toten auf diesem Kühltisch fest umklammert hielt, wagte er noch einmal einen

Blick. In der beunruhigenden Stille und dem gleißenden Licht, das erbarmungslos von der Decke fiel, lagen die Überreste derjenigen, die bis vor kurzem, ja bis zum Tag zuvor, Donatella Berzaghi gewesen war.

Und er musste nun als Erster etwas sagen – er, Duca Lamberti.

„Wollen Sie wieder gehen?", fragte er den Alten leise.

Amanzio Berzaghi antwortete: „Nein", und Duca begriff, dass dieses Nein nicht so sehr auf das Mixopan zurückzuführen war als auf den innigen, unbändigen, unbezähmbaren Wunsch des Vaters, seine Tochter wiederzusehen, selbst in diesem erbärmlichen Zustand, in dem man kaum erkannte, dass es sich hier einmal um ein menschliches Wesen gehandelt hatte – wäre nicht diese Hand gewesen, die rechte Hand, die vom Feuer verschont geblieben und immer noch hell und menschlich war, die Hand mit den unversehrten Fingernägeln, die, mit einem sentimentalen Rot von 1909 lackiert, an die Zeit vor dem Ersten Weltkrieg erinnerten; und diese wohlgeformten Finger in ihrer weißen Weiblichkeit, denen das Feuer nichts angehabt hatte. In der blendenden, phosphoreszierenden, von den Neonröhren erleuchteten Stille fügte der Alte hinzu: „Das ist ihr Rot – zu Hause im Bad steht ein Fläschchen mit dieser Nagelfarbe." „Nagelfarbe" hatte er gesagt statt Nagellack. Er keuchte ein wenig beim Sprechen, aber er formulierte klar und präzise, und seine Stimme zitterte nicht. „Auch am Fuß, sehen Sie – auch auf dem großen Zeh ist die gleiche Nagelfarbe, da, auf dem rechten Fuß!" Er streckte die Hand aus und berührte den rechten großen Zeh seiner Tochter, der genau wie die rechte Hand aus irgendeinem geheimnisvollen Grund vom Feuer verschont geblieben war und nun in seiner weißen Unversehrtheit und mit dem roten Nagellack, der an Eleonora Duse erinnerte, ihre Aufmerksamkeit auf sich zog. „Das ist genau ihre Farbe, das Fläschchen steht zu Hause im Bad", wiederholte er.

„Erkennen Sie Ihre Tochter?“, fragte Duca.

Der Alte nickte. „Sie ist es. Auch wenn das Rot ihrer Fingernägel nicht wäre – ich sehe, dass sie es ist.“ Das lag wohl auch an der Größe des Leichnams, vor allem aber sagte es ihm sein väterliches Gespür, mit dem er in diesen unkenntlichen Resten seine Tochter wiedererkannte und fühlte, dass sie es wirklich war. „Der Schulterknochen ragte ein wenig heraus, sehen Sie, hier.“

Trotz des Feuers waren die leicht hervorstehenden Schulterblätter noch zu erkennen – große Knochen in einem imposanten Körper mit weiblich runden Schultern.

Amanzio Berzaghi stand kerzengerade da, nicht nur durch das Mixopan gekräftigt, sondern auch von einem geheimen, unbeugsamen Impuls aufrecht gehalten, und fügte hinzu: „Und dann hier, am linken Fuß, diese Narbe.“ Er zeigte mit dem Finger darauf. „Da ist sie als Kind einmal gestürzt. Es sah so aus, als würde sie ihr ganzes Leben lang humpeln müssen, aber ein geschickter Chirurg hat sie wieder zusammengeflickt.“

Duca bedeutete dem Nachtwächter, den Leichnam wieder zuzudecken. „Kommen Sie“, bat er den Alten, und obwohl Amanzio Berzaghi dumpf Widerstand leistete, ließ er sich schließlich hinausführen. Im Zimmer des verschlafenen Arztes unterschrieb er die Identifizierungsurkunde: Der Leichnam in der Kühlzelle Nummer fünf war von dem Vater Amanzio Berzaghi als der Leichnam seiner Tochter Donatella identifiziert worden, und zwar anhand folgender besonderer Kennzeichen. Und dann folgte die Beschreibung ebendieser Kennzeichen und Besonderheiten, die die Identifizierung ermöglicht hatten: der rote Nagellack, die Narbe am Fuß und so weiter. Dann verließ Duca, der Amanzio Berzaghi weiterhin am Arm gefasst hielt, mit Mascaranti das schaurige Gebäude, und sie stiegen ins Auto: Mascaranti setzte sich ans Steuer, Duca auf den Beifahrersitz und Amanzio Berzaghi nach hinten. Alle drei saßen sie stocksteif da, in eisiges Schweigen – kühlzellenkaltes Schweigen – gehüllt. Und so fuhren sie in den Viale Tunisia fünfzehn zurück. Dort stiegen sie aus, immer noch sehr steif. Der Alte öffnete die Haustür, und Duca tastete in seiner Jackentasche nach einem Tütchen, das aussah wie eine dieser Zuckertüten, die man in der Bar zum Kaffee bekommt.

„Wenn Sie nicht schlafen können – hier sind zwei Tabletten."

„Danke", antwortete der Alte und nahm die Tüte.

„Signor Berzaghi", sagte Duca sehr leise. „Sie müssen leben. Sie könnten uns bei unseren Ermittlungen behilflich sein."

„Denken Sie etwa, ich will mich umbringen?" Die Stimme des Alten schnarrte etwas lauter als sonst – ja, genau das war es, was Duca fürchtete – und wurde dann wieder leiser. „Ich werde leben, bis Sie den Mörder meiner Tochter gefunden haben." Rau und etwas schrill stiegen die Worte aus dem buschigen Gesicht auf, aus diesen Augen, die tief in ihren Höhlen lagen wie grüne Glut in einer Maske aus Asche. „Und wenn Sie tausend Jahre brauchen, dann werde ich eben tausend Jahre leben. Ich werde nicht eher sterben, als bis ich dem Mörder in die Augen gesehen habe."

Amanzio Berzaghi betrat das Haus und verschwand hinter der dunklen Glastür. Duca nickte. Ja, jetzt war er sich sicher: Amanzio Berzaghi würde sich nicht umbringen.

ZWEITER TEIL

„Wie heißt du eigentlich?"

„Negerhure."

„Warum gibst du dich so auf?"

„Warum nicht? Es ist doch sowieso alles eine einzige Schweinerei."

„Vielleicht nicht alles."

„Alles. Auch du, werter Herr Polizist. Du kommst in diesen Puff, als wärst du einer, der frühmorgens mal eben Lust auf einen Fick hat, und dabei bist du in Wirklichkeit ein Bulle. Es ist alles eine einzige Schweinerei; in Wirklichkeit ist alles anders, als es aussieht."

1

Die Tür von Duca Lambertis Büro ging krachend auf, und Mascaranti kam herein. Am Kragen zerrte er einen jungen Mann hinter sich her, der eine olivgrüne Cordsamtjacke und darunter einen gelben Rollkragenpullover trug. Seine Haare glänzten schwarz, wie sorgfältig polierte Schuhe. Er hatte dunkle Haut und pechschwarze Augen, die, genau wie die Haare, an frisch geputzte Schuhe erinnerten.

„Komm rein, *Terrone**, sonst kriegst du eins in die Fresse", herrschte Mascaranti den geschniegelten Burschen an und zog ihn hinter sich her ins Büro.

„Wie behandelst du denn deine eigenen Landsleute?", bemerkte Duca Lamberti ironisch. „Du bist doch selbst aus dem Süden!"

„Ja, aber nicht so einer wie dieser..." Mascaranti belegte seinen Begleiter mit einem absolut unwiederholbaren Schimpfwort. „Ich habe ihn regelrecht hinter mir herschleifen müssen, und dabei hat er Unmengen von Krokodilstränen vergossen und gejammert, er würde sich umbringen, wenn wir ihn einlochen. Bring dich ruhig um, du Mistvieh!" Mascaranti schleuderte ihn fast gegen Ducas Schreibtisch, der junge Mann konnte sich gerade noch mit den Händen abfangen. Die schwarz glänzenden Haare krönten sein Gesicht mit dem dunklen Teint wie ein prächtiger Helm.

„Herr Kommissar, ich flehe Sie an, stecken Sie mich nicht ins Gefängnis! Schicken Sie mich nicht in mein Dorf zurück, sonst

* Abschätzige Bezeichnung für Süditaliener (Anm. d. Ü.)

bringe ich mich um, wirklich!" Die Tränen liefen ihm übers Gesicht, doch er wischte sie mit den Händen weg. Duca bemerkte seine schneeweißen Fingernägel. „Sonst bringe ich mich um!" Diese Fingernägel ließen auf eine gewisse Anämie schließen, und auch seine Gesichtszüge und der Körperbau, vor allem die schmalen Schultern, legten diese Diagnose nahe. Wegen seiner Tendenz, bei der geringsten Emotion in Atemnot zu geraten, tippte Duca, der Ex-Arzt, außerdem auf Tuberkulose und ein schwaches Herz.

„Setz dich", forderte er den jungen Mann freundlich auf und fügte dann noch freundlicher hinzu: „Und hör auf zu flennen."

Der schmale Süditaliener setzte sich Duca Lamberti an seinem Schreibtisch gegenüber. Hinter ihm stand Mascaranti, rauchend vor Wut.

„Ich hab ihn hinter mir herschleifen müssen wie einen Hund an der Leine", sagte der bissig, und sein massiges Gesicht wirkte durch seine Wut noch breiter als sonst. „Er ist das übelste Individuum, das je durch die Straßen dieser Stadt gewandelt ist, doch seit ich ihn zu Hause aus dem Bett geholt habe, um ihn hierher zu bringen, zetert und jammert er wie eine vergewaltigte Jungfrau: ‚Oh, ich bring mich um, ich bring mich um!' Bring dich ruhig um, du Schwein!"

„Schluss!", unterbrach ihn Duca. „Du machst jetzt erst mal einen kleinen Spaziergang!" Er streckte Mascaranti die Hand entgegen, was bedeutete, dass er eine Zigarette haben wollte.

Mascaranti gab sie ihm und verließ den Raum mit einem letzten hasserfüllten Blick auf den jungen Mann, der an Duca Lambertis Schreibtisch saß. Das ist das abscheulichste Individuum, dem ich je die Unehre hatte, über den Weg zu laufen, dachte er im Hinausgehen. Aber so war das eben: Als Polizist musste man damit rechnen, mit derartigen Widerlingen zu tun zu haben.

Duca Lamberti ließ ein paar Sekunden verstreichen, zog zwei-, dreimal an seiner altbewährten, männlich starken Nazionale und wandte sich schließlich an den jungen Mann, der sich gerade mit dem Handrücken die letzten Tränen wegwischte. Nach einem kurzen Blick auf einen Zettel, den Mascaranti ihm gereicht hatte, stellte er fest: „Du bist also Salvatore Carasanto, zweiundzwanzig." Duca zog noch einmal an seiner Zigarette. „Erst zweiundzwanzig – und doch schon der berüchtigtste Zuhälter, der diese Metropole der Moral je unsicher gemacht hat! Zig Mädchen hast du in die Prostitution getrieben. Fast alle Bordelle der Stadt – im modernen Sprachgebrauch ‚kulturelle Vereinigungen' – werden von dir beliefert. Du lebst davon, unschuldige Mädchen zu verführen, um sie dann zur Prostitution zu zwingen, und dabei bedienst du dich dieses netten Gesichts eines Latin Lovers!"

„Nein, das ist nicht wahr, das ist nicht wahr!" Der Jüngling begann wieder dramatisch zu schluchzen. „So etwas habe ich nur ein einziges Mal getan, und da war ich noch sehr jung. Ein Typ bekam mich damals rum, ihm ein Mädchen zu besorgen, aber das war bestimmt das einzige Mal! Jetzt bin ich Arzneimittelvertreter."

„Spar dir deine Krokodilstränen und erzähl keine Märchen", sagte Duca Lamberti trocken. „Du vertreibst keine Medikamente, sondern Prostituierte." Seine Stimme wurde auf einmal scharf und gebieterisch. „Du bist dreimal auf frischer Tat ertappt worden, und außerdem haben wir die Namen von neunzehn Mädchen, die du in die Prostitution getrieben hast, inklusive aller Details über die Methode, die du dabei angewandt hast und die ihr ‚Einspeisung in den Kreislauf' nennt. Nach unseren Kenntnissen hast du knapp zwei Dutzend Mädchen ‚eingespeist', aber wahrscheinlich sind es noch viel mehr – vierzig, sechzig oder sogar achtzig. Dank der verschlungenen Wege unserer Justiz hast du leider nur ein knappes Jahr aufgebrummt bekommen, auch wenn du eigentlich lebenslänglich verdient hättest, denn Dutzende von Mädchen in den Abgrund der Prostitution zu stoßen ist schlimmer als sie umzubringen! Und da schämst du dich nicht, hier so vor mir zu sitzen, geschniegelt und gebügelt, und mir Theater vorzuspielen? Zu heulen wie ein Schlosshund, dich zu winden und zu behaupten, du seist ein Pharmareferent? Hör mal gut zu, du widerlicher kleiner Lude: Du bist in ganz üble Hände geraten, und zwar in meine! Entweder du antwortest mir jetzt sofort und vernünftig auf meine Fragen, oder du bist am Ende! Du hast dich trotz einer gerichtlichen Ausweisungsverfügung in dieser noblen Stadt herumgetrieben, und deshalb gehörst du eigentlich hinter Schloss und Riegel. Aber ich will dir noch eine Chance geben – unter der Bedingung, dass du mir auf meine Fragen antwortest."

Als der junge Mann Ducas Angebot vernahm, das dieser so fest und entschieden vorgebracht hatte, hörte er augenblicklich auf zu heulen und lockerte sich mit zwei Fingern den Rollkragen seines eleganten gelben Pullovers aus feinster Schurwolle.

„Gut", antwortete er.

„Dann pass auf, was ich dir zu sagen habe – und versuch ja nicht, mich übers Ohr zu hauen, denn sonst mach ich dich fertig, das schwöre ich dir! Anrühren werde ich dich nicht, aber ich könnte ohne Weiteres dafür sorgen, dass du den Rest deines Lebens im hübschen Wechsel zwischen Knast, Arbeitsanstalt und Freiheit unter Polizeiaufsicht verbringst."

„Gut", wiederholte der junge Mann. Er war bleich, denn er wusste, dass sein Gegenüber es ernst meinte.

„In Ordnung, dann sage ich es jetzt noch einmal: Pass gut auf!", fuhr Duca fort. „Vor ein paar Tagen ist hier ein Mädchen ermordet worden, zwei Meter groß und knapp zwei Zentner schwer, und zwar auf ganz üble Weise: Erst hat man sie zusammengeschlagen, vermutlich mit einem Stein, und dann wurde sie nackt und vielleicht noch lebendig in einem Feuer am Straßenrand der Via Emilia verbrannt – gegrillt wie ein Hähnchen." Duca Lamberti verlor seine Selbstkontrolle. Er hatte einen Kugelschreiber in der Faust, einen dieser lächerlich billigen Stifte, die das Innenministerium seinen getreuen Beamten zur Verfügung stellt, und schlug ihn heftig mit der Spitze auf die Tischplatte. „Und dabei war sie ein menschliches Wesen! Eine junge Frau, kein Grillhähnchen!" Dann fing er sich wieder. „Entschuldigung." Er leckte sich über die vor Wut ausgetrockneten Lippen. „Und jetzt hör mir gut zu. Hör mir gut zu, richtig gut, verstanden?"

„Ja, ja", antwortete der junge Mann.

„Wir haben allen Grund anzunehmen, dass dieses zwei Meter große und fast zwei Zentner schwere und dazu noch geistesschwache Mädchen von einem Typ wie dir entführt und ‚in den Kreislauf eingespeist' worden ..."

„Von mir nicht, nein, nein!", unterbrach ihn der Jüngling mit panisch quiekender Stimme, wobei die Lichtreflexe in seinen nass glänzenden Haaren hell schimmerten.

„Ich hab doch gar nicht gesagt, dass du das gewesen bist! Lass mich doch erst mal ausreden, du Idiot!", brüllte Duca Lamberti. Er betrachtete den Kugelschreiber, den er mit dem Hieb von eben unwiederbringlich kaputt gemacht hatte. „Die Frage kommt erst noch, und ich hoffe, du gibst mir eine anständige Antwort, denn sonst ist es um Salvatore Carasanto geschehen!"

Der schwarzhaarige, dunkelhäutige junge Mann, inzwischen blassgrün vor Angst, schluckte und nickte.

„Die Frage ist folgende", fuhr Duca Lamberti fort. „Wie wir wissen, bist du ein Oberlude, ein Public-Relation-Lude: Du prostituierst die Mädchen nicht selber; du treibst sie auf und verkaufst sie an andere Zuhälter weiter. Wenn es also jemanden gibt, der von diesem Mädchen gehört haben kann, dann du. Du kennst jede einzelne Hure hier in Mailand und Umgebung, bist in allen Bordellen zu Hause, weißt über jede Verlegung der Mädchen Bescheid, von einem Bezirk in den anderen, von einer

Stadt in die nächste. Und außerdem wirst du von irgendwelchen mächtigen Schweinehunden gedeckt, sonst würdest du gar nicht mehr frei herumlaufen. Ich will jetzt von dir wissen, ob du je von diesem knapp zwei Meter großen und zwei Zentner schweren Mädchen gehört hast. Du hast die Wahl: Entweder du sagst mir die Wahrheit und hilfst mir, die Schufte zu finden, die für diesen schrecklichen Mord verantwortlich sind – dann ist alles, was du angestellt hast, vergeben und vergessen, und ich werde dir helfen, noch mal von vorne anzufangen, und dir einen jungfräulichen Strafregisterauszug verschaffen. Du könntest sogar in Mailand bleiben. Oder du entscheidest dich, mich reinzulegen …" Duca Lamberti stand auf, ging zum Fenster und öffnete es. Er blickte auf die sanft beleuchtete Via Fatebenefratelli, die menschenleer in der milden Oktobernacht lag. „Wenn du das versuchst, wird dich allerdings kein noch so geschickter Rechtsanwalt vor dem Knast retten können, und auch kein dreckiger Beschützer! Also: Hast du von diesem knapp zwei Meter großen und zwei Zentner schweren Mädchen gehört? Ich wiederhole diese Eigenschaften immer wieder, damit du mich auch ja richtig verstehst und dich einwandfrei erinnerst. Und erzähl mir bloß nicht, du könntest dich nicht entsinnen! Sag das nicht, verstanden?", fauchte Duca ihn an. Der junge Mann zuckte so heftig zusammen, dass er fast vom Stuhl fiel. Noch einmal schluckte er mühsam seinen Speichel hinunter. Duca beobachtete ihn angeekelt, denn Zuhälter, dachte er, sind nicht nur skrupellose Ausbeuter, sondern auch elende Feiglinge.

„Ja, ich habe von ihr gehört", antwortete der Lude.

2

Was soll das heißen, ‚ich habe von ihr gehört'?", fragte Duca. Der junge Mann fuhr sich erneut mit der Zunge über die Lippen und antwortete: „Eines Abends im Billie Joe…"

„Was ist das Billie Joe?"

„Das ist eine Art Pizzeria an den Bastionen, in der Nähe der Piazza Tricolore. Na, eben so eine Art…" Hier musste sogar der junge Mann namens Salvatore Carasanto grinsen, obwohl er von der Härte des Verhörs ziemlich verschreckt war.

Eine Pizzeria namens Billie Joe. Kurioser Name. Duca fragte sich, wo er wohl herkam, auch wenn seine Neugier diesmal nicht das Geringste mit seinem Fall zu tun hatte. „Was ist denn das für ein Name, Billie Joe?"

„Wissen Sie, es gibt da ein Lied von Bobbie Gentry, eine Art Spiritual von einem Jungen, der sich von einer Brücke gestürzt hat…"

Stimmt, auch er hatte den Song einmal im Radio gehört. Der Vater des Mädchens sagte, den Mund voller Erbsen: *„O nein, das kann ich nicht glauben, dass er sich von der Brücke gestürzt hat"*, doch genau das hatte Billie Joe getan, und die Mutter rief laut – natürlich in dem Lied: *„Wehe, ihr kommt ins Haus, ohne euch die Füße abzutreten!"* Ja, plötzlich erinnerte er sich wieder ganz genau, jetzt hatte er auch die Melodie im Ohr. „Weiter!"

„Es ist ein Lokal für junge Leute."

„Was für Leute?", fragte Duca Lamberti. „Luden wie dich?"

Der junge Mann schüttelte unterwürfig den Kopf, und Duca spürte, dass er die Wahrheit sagte. „Nein, obwohl sich in solchen

Lokalen natürlich schon mal der eine oder andere herumtreibt. Aber die meisten, die da hingehen, sind ganz normale Pärchen, die sich einen hinter die Binde kippen wollen."

„Na gut. Und was ist in diesem Billie Joe passiert?", fragte Duca.

„Ich war hingegangen, weil ich mich dort mit einem Mädchen verabredet hatte…"

„Eine, die du in den Kreislauf einspeisen wolltest?", erkundigte sich Duca.

Salvatore Carasanto versuchte schon gar nicht mehr, sich besser darzustellen, als er war. „Ja", gab er zu, „aber sie kam nicht, und ich habe sie nie wieder gesehen…"

Was für ein Glück für sie, dachte Duca. „Und dann?", fragte er weiter.

„Dann habe ich angefangen, meine Pizza zu essen. Ich saß auf einem dieser großen Hocker vorn am Tresen und hab immer wieder zur Tür hinübergeschaut, um zu sehen, ob das Mädchen kam."

„Und dann?"

„Sie kam nicht, und ich war ziemlich verärgert, denn ich kann es nicht leiden, wenn Frauen mir einen Korb geben. In den beiden kleinen Räumen da im Billie Joe war ein furchtbarer Lärm, die Pärchen waren alle betrunken, und die Frauen quietschten wie Ferkel…"

„Und dann?"

„Neben mir saß ein Typ, ähm, ein Kollege, der auch eine Pizza aß, und plötzlich, während er an seiner Rinde kaut, meint er zu mir: ‚*Ciao, Terrone,* handelst du auch mit Geflügel wie ich?', und lacht sich halb tot. Ich kann es nicht leiden, wenn man mich duzt, auch bei Landsleuten mag ich das gar nicht, und der kam, glaube ich, aus Messina, das hörte man am Dialekt. Aber noch weniger mag ich es, wenn mir jemand, den ich noch nie gesehen habe, direkt ins Gesicht sagt, ich handle wohl mit Geflügel wie er. Gut, vielleicht handle ich mit Geflügel, aber das ist ja wohl meine Sache, und darüber rede ich nur mit meinen Freunden."

„Oder mit der Polizei", fügte Duca sarkastisch hinzu.

„Ja, mit Ihnen. Aber nicht mit dem ersten Besten, der mir über den Weg läuft."

Logisch – schließlich konnte er ja kaum die Passanten auf der Straße anhalten und ihnen erzählen, er sei Zuhälter. „Und dann?", wollte Duca wissen.

„Dann meinte der Typ – er war ziemlich betrunken, vielleicht hatte er auch Drogen genommen, und er sprach mit so vollem Mund, dass die Pizza fast herausfiel: ‚Bei mir wird heute gefeiert, denn ich hab ein Riesengeschäft gemacht. Und da du ein *Terrone* bist wie ich, will ich das mit dir begießen.'"

„Was wollte er denn feiern?", erkundigte sich Duca.

„Das habe ich ihn auch gefragt, und da hat er gemeint, er habe gerade das größte Geschäft seines Lebens gemacht. Und immer, wenn er das Wort ‚größte' benutzte, musste er schrecklich lachen, und die Mozzarellafäden von der Pizza hingen ihm aus dem Mund. Ich begriff nicht, was daran so komisch war, und eigentlich interessierte es mich auch nicht besonders, denn den Umgang mit Drogensüchtigen und Unbekannten vermeide ich tunlichst, selbst wenn es Landsleute sind. Aber er wollte mir unbedingt erklären, warum er das Wort ‚groß' so komisch fand, und deshalb erzählte er mir, dass er bei seinem Geflügelhandel auf ein zwei Meter großes Mädchen gestoßen war, eine Riesin, und dazu noch geistesschwach, die sich an jeden Mann ranschmiss. Er sagte: ‚Die wiegt zwei Zentner – so ein *großes* Geschäft habe ich noch nie gemacht! Ich habe einen Haufen Geld dafür bekommen, und das will ich jetzt mit dir feiern, *Terrone!*'"

Monoton fragte Duca wieder: „Und dann?"

„Er war betrunken und außerdem high, glaube ich", meinte der junge Mann mit den Augen, die so schwarz glänzten wie frisch geputzte Schuhe. „Er quasselte und quasselte, und ich hab geglaubt, seine Geschichte sei frei erfunden, eine Halluzination, eine dieser Geschichten, die solche Leute eben erzählen. Aber jetzt sagen Sie mir, *Brigadiere,* dass eine Riesin umgebracht wurde, und dazu noch geistesschwach, und da ist mir seine Geschichte in den Sinn gekommen."

„Und wie hieß der Typ?", fragte Duca Lamberti und stand auf.

„Das weiß ich nicht, *Brigadiere.*"

„Sag nicht *Brigadiere* zu mir, das höre ich nicht gern", wies Duca ihn zurecht und schaute von oben auf ihn herab. „Wieso weißt du nicht, wie er hieß?"

„Weil ich ihn damals das erste und letzte Mal gesehen habe, und außerdem ist das Monate her. Ich hatte schlechte Laune, weil das Mädchen, das ich erwartete, nicht kam, und sobald ich meine Pizza aufgegessen hatte, bin ich gegangen."

„Gut, fassen wir also zusammen: Alles, was du über ein riesiges Mädchen weißt, ist, dass ein unbekannter Mann in der Pizzeria Billie Joe von ihr gesprochen und dir gesagt hat, er habe einen Haufen Geld damit verdient, dieses ‚Huhn' in den Kreislauf einzuspeisen. Ist das alles, was du hier aussagen kannst?" Während er sprach, öffnete Duca Lamberti eine Schreibtischschublade und holte einen weiteren dieser lächerlichen Kugelschreiber heraus, die das Innenministerium seinen Angestellten zur Verfügung stellt.

„Ja", antwortete der junge Mann, und es klang ehrlich. „Mehr weiß ich auch nicht. Es war reiner Zufall, dass ich in der Pizzeria Billie Joe von diesem großen Mädchen gehört habe; mehr weiß ich wirklich nicht."

Duca Lamberti richtete den Kugelschreiber auf das Gesicht seines Gegenübers. „Pass bloß auf, Salvatore Carasanto! Ich rate dir dringend, dich in den Dienst von Recht und Gesetz zu stellen, sonst könnte es ganz übel für dich ausgehen! Vielleicht stimmt es ja, dass du den Namen dieses Typs nicht kennst, der geistesschwache Riesinnen entführt und verkauft – aber leider kannst nur du allein uns diesen Luden auftreiben helfen! Denn du kennst dich in dem Milieu aus – und zwar wesentlich besser als jeder Polizeibeamte." Duca lächelte nicht, denn es gibt Momente, in denen man so angewidert ist, dass man nicht einmal ein bitteres Lächeln zustande bringt.

„Mehr weiß ich wirklich nicht, *Brigadiere*", antwortete der junge Mann.

„Nenn mich nicht immer *Brigadiere!* Und führ mich nicht an der Nase herum, denn ich muss diesen feinen Herrn aus dem Billie Joe unbedingt finden! Ich habe dir doch schon gesagt: Wenn du mir dabei hilfst, kannst du weiterhin frei in den schönen, nebligen Straßen von Mailand herumlaufen und dich deinen üblichen Schweinereien widmen. Du musst doch eine Vorstellung davon haben, wo wir deinen werten Kollegen antreffen können, schließlich bist du einer der größten Experten auf dem Gebiet der sexuellen Ausbeutung – verglichen mit dir sind wir Polizisten doch nichts als arme Idioten! Und genau das ist der Grund, weshalb wir dich vorhin aus deinem schönen, warmen Bett geholt haben. Nur du kannst uns sagen, wer der Typ ist, der dieses ‚große' Geschäft gemacht hat!"

„Aber ich weiß nichts von ihm, gar nichts – ich habe ihn nur ein einziges Mal gesehen!", warf der junge Süditaliener ein.

„Hm, vielleicht sollte ich dir sogar glauben", meinte Duca und zeigte nochmals mit der Spitze des Kugelschreibers auf ihn. „Dann musst du uns eben anderweitig helfen. Ich hoffe, du bist dazu bereit, denn sonst schicken wir dich in dein Heimatdorf zurück, und einmal pro Woche erkundige ich mich persönlich, ob du abends auch immer brav um Punkt acht Uhr zu Hause bist. Und beim allerersten Fehltritt sorge ich dafür, dass du für mindestens zehn Jahre hinter Gittern landest. Ich hab dir ja gesagt, dass du in üble Hände geraten bist, nämlich in meine! Deswegen empfehle ich dir dringend, mit uns zu kooperieren!“

Der junge Mann war nicht dumm – er begriff sofort, was Duca meinte. Er blickte auf die Spitze von Ducas Kugelschreiber, die immer noch auf ihn gerichtet war, und nickte.

„Dann fertigst du jetzt eine hübsche Zeichnung von deinem Kollegen aus dem Geflügelhandel an, den du in der Pizzeria Billie Joe kennengelernt hast.“

„Ich kann nicht zeichnen!“, protestierte Salvatore Carasanto, nahm aber dennoch den Kugelschreiber zur Hand, den Duca ihm befehlend hinhielt.

„Ich auch nicht“, erwiderte Duca. „Trotzdem werden wir das jetzt zusammen tun. Ein richtiges Phantombild muss das nicht werden, dafür bin ich auch gar nicht zuständig. Aber du kannst ja mal anfangen, die Augenform deines Freundes zu Papier zu bringen. Zwischen einem Kreis, einem Oval und einer Ellipse kannst du ja wohl unterscheiden. Das sind die drei Formen, die Augen haben können, je nachdem, ob sie einem Mongolen, einem Arier oder sonst wem gehören. Also los: Was für Augen besaß dein Freund?“ Duca klang jetzt sehr aggressiv.

Den Kugelschreiber in der Hand, nickte der junge Mann, von Ducas leiser und doch drohender Stimme eingeschüchtert. Obwohl dieser elegante Jüngling, der auf junge Dienstmädchen und frustrierte Fünfundvierzigjährige offenbar so sexy wirkte, ein ganz übler Geselle war, dachte Duca, musste er doch irgendwo auch etwas Menschliches an sich haben. Und so versuchte er, sich dieses Subjekt, das da vor ihm saß, als Mann aus Fleisch und Blut vorzustellen. „Versuch, dich zu erinnern, was für Augen er hatte! Ich bitte dich, hilf mir! Mal mir seine Augen auf!“

Der junge Mann zeichnete nicht, sondern sagte: „Er hatte Hühneraugen.“

„Wie bitte?“ Duca begann zu schreien: „Was soll das heißen, Hühneraugen? Zeichne, habe ich gesagt!“

„Runde Augen – Hühner haben runde Augen“, stammelte Salvatore Carasanto und zeichnete zwei Kreise auf das Blatt vor ihm.

„Jetzt die Augenbrauen“, wies Duca ihn an und dozierte: „Augenbrauen können buschig sein oder nicht. Sie können einzeln über den Augen stehen oder sich an der Nasenwurzel treffen. Und dann können sie gerade oder leicht geschwungen sein oder sogar die Form eines Zirkumflexes aufweisen. Verstehst du, was ich meine?“

Er sah den jungen Mann nicken und sich vor Angst mit der Zunge über die Lippen fahren. Dann fuhr er fort: „Los, zeichne jetzt die Augenbrauen!“

Der Zuhälter gehorchte sofort und zeichnete über die beiden Kreise, die die Augen sein sollten, eine fast gerade Linie.

„Hör mal“, sagte Duca, „soll das heißen, dass die Augenbrauen deines Kollegen in der Mitte zusammengewachsen waren, als bildeten sie eine einzige Linie über den Augen?“

„Ja“, antwortete sein Gegenüber.

„Schwarze Augenbrauen, nicht?“

„Ja.“

„Jetzt die Nase. Mich interessiert nur eins: der Abstand zwischen den beiden Nasenlöchern. Es gibt Nasen mit dicht beieinander und Nasen mit weit auseinander liegenden Nasenlöchern. Du zeichnest jetzt einfach zwei Punkte unter die Augen! Wenn sie dicht beieinander liegen, heißt das, dass dein Kollege eine schmale Nase hat; sind sie weit auseinander, hat er eine breite.“

Dem jungen Mann zitterte die Hand. Seine Gebärden verrieten eine erbärmliche Feigheit. Alle Kriminellen sind feige, wenn sie auf jemanden treffen, der sie mit ihrer eigenen Waffe bedroht, nämlich mit Gewalt. Trotzdem zeichnete er – falls man die Tatsache, dass er zwei weit auseinander liegende Punkte zu Papier brachte, „zeichnen“ nennen konnte.

„Dein Kumpel hat also eine ziemlich breite Nase", stellte Duca fest, griff zum Telefon und sprach in den Hörer: „Mascaranti, kommst du kurz? Ich brauche Zigaretten. Bei der Gelegenheit kannst du auch gleich das Phantombild abholen." Er legte auf und lachte angespannt. „Jetzt der Mund deines Landsmanns. Du brauchst nicht zu malen wie Raffael – das Einzige, was ich von dir will, ist, dass du einen Halbkreis zeichnest, der nach oben oder nach unten geöffnet ist, oder einen geraden Strich. Denn eigentlich gibt es nur drei Sorten Münder, auch bei Comics und ähnlichen schematischen Zeichnungen sieht man das: Nach oben geöffnete Halbkreise deuten einen fröhlichen Typ an; nach unten geöffnete Halbkreise einen traurigen; und dann gibt es noch die geraden Striche, das sind die Münder der Bösen, der harten Typen. Such dir einfach die richtige Form heraus – und versuch ja nicht, mich an der Nase herumzuführen!"

Eingeschüchtert zeichnete der junge Mann schnell einen geraden Strich – den bösen Mund.

„Jetzt die Ohren", fuhr Duca fort. „Auch dazu brauchst du dich nicht besonders anzustrengen, ich weiß ja, dass du kein Caravaggio bist. Ohren zu zeichnen ist furchtbar schwer, sogar für richtige Künstler, aber so etwas Kompliziertes verlange ich ja gar nicht von dir. Ich möchte nur, dass du mir einen Halbkreis malst, wenn dein Kompagnon abstehende Ohren hat, oder einen senkrechten Strich, falls die Ohren dieses Dreckskerls am Kopf anliegen."

Zitternd vor Angst zeichnete Salvatore Carasanto einen Halbkreis rechts von dem Gesicht, das auf dem Papier entstanden war, und einen Halbkreis links. Der Schweinehund, dachte Duca, hatte also abstehende Ohren.

„Jetzt das Kinn", forderte Duca sein Gegenüber auf. „Wenn es weder nach vorn hervorspringt noch nach hinten flieht, malst du einen waagerechten Strich. Wenn das Kinn nach vorn steht, malst du einen senkrechten Strich – je mehr das Kinn hervorsteht, desto länger soll der Strich sein. Bei einem fliehenden Kinn zeichnest du eine Diagonale – je stärker das Kinn zurückspringt, desto länger dein Strich. Und pass ja auf, dass du dich nicht vertust!"

In diesem Moment kam Mascaranti herein. Er hatte ein Päckchen Nazionali und eine Schachtel Streichhölzer in der Hand. Stumm öffnete er die Zigarettenpackung und bot Duca davon an. Duca nahm eine Zigarette, und Mascaranti gab ihm Feuer.

„Mal!", forderte Duca den jungen Mann auf. „Mal das Kinn von deinem sauberen Kollegen, der genau wie du im Geflügelhandel tätig ist und dir erzählt hat, er habe einen Vogel von einem Meter fünfundneunzig erwischt, der knapp zwei Zentner wog und weniger Grips im Kopf hatte als ein Huhn, trotz seiner achtundzwanzig Jahre. Und gib dir ordentlich Mühe mit dem Kinn – ich hab dir ja gesagt, wie du es zeichnen sollst –, sonst kannst du was erleben!" Duca betrachtete den jungen Mann, dessen Hand merklich zitterte. Er hatte nicht vor, ihm auch nur ein Härchen zu krümmen – bestimmte Typen mag man einfach nicht anfassen, geschweige denn verprügeln; und zwar nicht so sehr, weil das gegen das Gesetz verstieße, sondern weil man sich sonst schmutzig macht. „Also, wie ist es? Wird's bald?"

Vor Angst bebend, zeichnete der geschniegelte Süditaliener eine schräge Linie, die ungewollt ziemlich kurvenreich ausfiel, aber doch eindeutig schräg und sehr lang war.

„Das heißt also, dass er ein fliehendes Kinn hatte?"

„Ja."

„Warum ist die Linie so lang? War es vielleicht ein sehr stark fliehendes Kinn?"

„Ja, ja, sehr stark fliehend… Es sah fast so aus, als habe er gar keins."

Duca zog an seiner Zigarette. Vor ihm lag das Porträt eines typischen Verbrechers – Lombroso, Freud, ja selbst die erfahrensten Professoren der Kriminologie mit den allerneuesten

Kenntnissen in Somatologie und Charakterkunde hätten da nicht den geringsten Zweifel gehabt.

„Wie alt, meinst du, wird dein Freund sein?"

„Das ist nicht mein Freund."

„Na gut, streiten wir uns nicht über einzelne Wörter", meinte Duca trocken. „Wie alt, glaubst du, ist dieser nette junge Mann, den du rein zufällig in einer Pizzeria kennengelernt hast, wo normalerweise jede Menge betrunkener Pärchen herumhocken? Und der Geflügelhändler ist wie du?"

„Nicht älter als fünfundzwanzig", meinte der schmale Süditaliener und legte den Kugelschreiber mit zitternder Hand auf den Tisch.

„Und wie groß ist er?"

„Nicht besonders."

„‚Nicht besonders' kann alles Mögliche heißen. Ist er ungefähr so groß wie du? Oder eher größer? Oder kleiner?", hakte Duca nach.

„Kleiner als ich."

Duca betrachtete den jungen Mann, der nun wirklich nicht gerade wie ein Basketballspieler aussah, nahm das Blatt mit der Zeichnung, schrieb ein paar Notizen darauf und händigte es Mascaranti aus. „Bring das unseren Freunden von der psychoartistischen Abteilung" – an dieser Stelle musste Mascaranti lachen – „und sag ihnen, es geht um einen jungen Stöpsel, der noch einen Zacken kleiner ist als dieser Zwerg hier. Wie du siehst, hat er runde Hühneraugen, in der Mitte zusammengewachsene Augenbrauen und eine Nase, ja, wie soll ich sagen, mit relativ weit auseinander liegenden Nasenlöchern."

Mascaranti lachte noch einmal.

„Erklär unseren Psychokünstlern, dass dieses Individuum einen geraden Mund hat, wie man aus dieser waagerechten Linie entnehmen kann, und ein fliehendes Kinn, was durch diese Diagonale deutlich wird."

Mascaranti betrachtete die abstrakte Zeichnung vor sich und bemerkte: „Entschuldigen Sie – aber da fehlt ja die Form des Gesichts."

Duca nickte zustimmend. Seine geistigen Fähigkeiten schienen allmählich nachzulassen. „Hör zu", wandte er sich wieder an den jungen Zuhälter, „du musst jetzt noch kurz aufzeichnen, was für eine Gesichtsform der Gentleman hat, den du in der Pizzeria Billie Joe getroffen hast. Theoretisch gibt es drei Sorten Gesichter: eher quadratische, eher runde und eher dreieckige. In welche dieser drei geometrischen Formen hätte das Gesicht deines Landsmanns am besten gepasst?"

Geduldig wartete Duca auf die Antwort. Die Frage zur Gesichtsgeometrie schien den jungen Mann ein wenig zu überfordern; doch nach etwa zwanzig Sekunden antwortete er schließlich: „In ein Quadrat." Man merkte ihm an, dass er sich seine Antworten aus Angst sehr genau überlegte. „Es ist nicht fett, aber kräftig. Er hat ein breites Gesicht." Er überlegte noch ein Weilchen. „Ja, es hätte gut in ein Quadrat gepasst."

„Soll ich schreiben ‚quadratisch'?", wollte Mascaranti wissen.

„Ja", antwortete Duca.

Also fügte Mascaranti auf dem Blatt mit der Zeichnung von Salvatore Carasanto die Bemerkung „Gesicht quadratisch" hinzu und fragte dann: „Soll ich ‚dringend' dazuschreiben?"

Duca Lamberti schüttelte den Kopf. Donatella Berzaghi war tot. Am Straßenrand der altehrwürdigen Via Emilia hatte man sie unter einem Haufen aus Laubresten und Gestrüpp, möglicherweise bei lebendigem Leib, vergraben und verbrannt. Den Mörder zu finden war ein absolutes Muss, das war klar; aber dringend – nein, das war es nicht. Selbst wenn sie den Verbrecher, der das Mädchen auf diese bestialische Art umgebracht hatte, im Handumdrehen fänden, würde er höchstens für ein paar Jahre ins Gefängnis kommen, und selbst die würden im Laufe der Zeit durch Amnestien und sonstige Begnadigungen allmählich immer weiter zusammenschmelzen, sodass man ihn schon bald wieder in irgendwelchen Bars in der Via Torino oder am Largo Cairoli herumhängen sehen würde, mit scharf konturierten Koteletten und dem Designerhaarschnitt eines Mailänder Nobelfriseurs, in der Tasche einen Hunderttausendlireschein, den er einem dieser armen Mädchen abgenommen hatte, das auf seine eleganten Koteletten hereingefallen war und sich in seine Hühneraugen, sein fliehendes Kinn und seinen zusammengekniffenen Mund, den Mund eines Bösewichts, verschaut hatte.

Es lohnte sich wirklich nicht, dachte Duca Lamberti, dem Staat zusätzliche Kosten aufzubürden, um so schnell wie möglich ein improvisiertes Phantombild dieses Subjekts, das mit Riesinnen handelte, zu bekommen, damit es dann an alle Polizeidienststellen Italiens verteilt werden konnte. „Nein, es hat keine Eile. Zustellung per Fahrrad reicht."

Mascaranti lächelte mit den Augen. Dann fragte er: „Und was soll ich mit diesem feinen Herrn hier anfangen?" Er zeigte auf den jungen Mann.

„Lass ihn mir noch ein Momentchen hier, ich ruf dich dann schon", meinte Duca. Er wartete, dass die Tür hinter Mascaranti zufiel, und bot seinem Gegenüber dann eine Zigarette an, die dieser jedoch ablehnte. Wie so viele Zuhälter rauchte er nicht. Er nahm vielleicht Drogen, aber gewöhnliche Zigaretten, nein, bewahre! Duca fand, dass Perversion wirklich viele Gesichter hatte. „Jetzt möchte ich dich noch um einen Gefallen bitten", sagte Duca und zündete sich eine Zigarette an. „Du weißt ja, dass wir von der Polizei ein bisschen naiv sind. Natürlich geben wir uns immer große Mühe, haben die Sittenpolizei, das Rauschgiftdezernat, die Spurensicherung, elektronische Archive für Fingerabdrücke und wer weiß, was sonst noch alles; aber am Ende sieht es für Leute wie dich immer so aus, als kämen wir aus dem Mustopf, wie man bei euch im Dorf wahrscheinlich sagen würde."

Duca legte seine gute alte Nazionale – ohne den geringsten Zusatz von Marihuana – in den guten alten Plastikaschenbecher. „Es ist ziemlich wahrscheinlich, dass ich tatsächlich aus dem Mustopf komme", fuhr er fort und musterte den jungen Mann, der ihn mit ängstlicher Aufmerksamkeit anblickte. „Und genau deswegen möchte ich dich jetzt um einen Gefallen bitten. Und ich würde dir sehr raten", Duca nahm seine Zigarette wieder zwischen die Finger, „mir da entgegenzukommen, denn sonst wird dir dein Leben sauer werden wie eine unreife Zitrone."

Duca Lamberti sah, dass der junge Mann ein Nicken andeutete, stand auf und ging durch das winzige Zimmer, wobei er ihm den Rücken zuwandte.

„Über die Prostitution hier in Mailand weißt du viel besser Bescheid als wir", nahm Duca seinen Gedankengang wieder auf. „Du bist hier *der* Experte und könntest ohne Schwierigkeiten an einem einschlägigen Fernsehquiz teilnehmen. Erste Frage: ‚In welchem Mailänder Bezirk gibt es die meisten Huren?' Du würdest souverän den richtigen Namen nennen, denn auf diesem Gebiet bist du unschlagbar." Während er sprach, kehrte er ihm weiterhin den Rücken zu. „Der Showmaster wäre begeistert: ‚Bravo, bravo, Sie haben zehn Goldmünzen gewonnen! Aber nun zur nächsten Frage. Wenn Sie auch die richtig beantworten, können Sie Ihren Gewinn verzehnfachen! Die nächste Frage lautet: In welcher Straße dieses Bezirks gibt es die meisten Prostituierten?' Ich bin mir sicher, du wüsstest auch da die richtige Antwort."

Der junge Zuhälter lachte kurz und hysterisch auf, und Duca drehte sich ruckartig um. „Jetzt will auch ich dir eine Frage stellen, allerdings ohne Goldmünzen, im Gegenteil: Wenn du mir nicht antwortest, schlag ich dir das Gesicht zu Brei. Also: Wie viele Freudenhäuser kennst du? Wie viele Puffs und Bordelle? Weißt du, wir armen Polizisten kennen uns da nicht so gut aus, sondern tappen im Dunkeln wie die Maulwürfe. Ich flehe dich an, rede! Tu mir den Gefallen – sei großzügig mit einem armen Schwachkopf von Polizist! Schließlich bist du hier der Experte! Ich möchte, dass du mir alle Apartments aufzählst, alle kulturellen Vereinigungen, alle Läden für Unterwäsche, alle Friseure der Peripherie, wo Frauen gehandelt werden." Er packte ihn an den Haaren, die ihm lang in den Nacken fielen. „Rede, ich bitte dich! Ich flehe dich an!"

Sein Blick und der ironische Unterton in seiner Stimme ließen den jungen Mann kreideweiß werden vor Angst. Und da er zwar widerwärtig, aber nicht dumm war, begriff er, dass er bei Duca keine Wahl hatte. „Ja, ja", beschwichtigte er, „ja, ja."

3

Als Duca das Kommissariat endlich verließ, war es fast drei Uhr morgens. Das Auto, das Mascaranti ihm angeboten hatte, hatte er abgelehnt, und so ging er zu Fuß. Es war eine ungewöhnliche Oktobernacht, klar, ohne einen Hauch von Nebel und kein bisschen kalt. Er genoss es, durch die leeren Straßen zu gehen, durch dieses Vakuum, das nur hin und wieder von einem röhrenden Auto durchschnitten wurde. Von der Via Fatebenefratelli bis zur Piazza Leonardo da Vinci ist es ziemlich weit, und es tat ihm gut, den langen Weg zurückzulegen. Er empfand es als einen körperlichen Genuss, sich nach vierzehn Stunden Büro ein wenig zu bewegen; seine Gedanken waren jedoch keineswegs heiter, denn immer wieder – und wer weiß, wie lange das noch anhalten würde – sah er diesen armen, alten Vater vor sich, wie er im Leichenschauhaus vor den Überresten seiner Tochter gestanden hatte, die barbarisch in einem Haufen Gestrüpp verbrannt worden war, und sie an der Farbe ihres Nagellacks identifiziert hatte. Nur daran konnte er denken, es ging ihm einfach nicht aus dem Sinn.

Es war fast halb vier, als er endlich zu Hause ankam. Er trat in den Hauseingang, stieg die Treppe hinauf – um in den ersten Stock zu gelangen, brauchte man keinen Aufzug – und wollte gerade die Wohnungstür aufschließen, als sie sich von innen öffnete. Im Flur stand Livia.

„Sag bloß, du hast bis jetzt auf mich gewartet!", sagte Duca.

„Warum hätte ich denn nicht warten sollen?", fragte sie.

Ja, warum eigentlich nicht? Es war sinnlos, mit Livia zu diskutieren. Sie hatte sich bei ihm häuslich niedergelassen, als seine

Schwester Lorenza mit Carrua nach Sardinien gefahren war, wusch ihm die Wäsche, kochte ihm das Essen, schenkte ihm ihre Liebe und wartete auf ihn, falls es notwendig war, bis um halb vier in der Früh.

„Lorenza hat aus Cagliari angerufen", teilte Livia ihm mit.

„Aha", erwiderte Duca.

Er zog sich das Jackett aus, und sie, ganz verliebte Garderobiere, nahm es ihm sogleich ab.

„Sie hat gesagt, es geht ihr gut – zu Weihnachten ist sie bestimmt wieder zu Hause."

„Aha", wiederholte Duca. Er ging in die Küche zur Spüle und füllte sich ein Glas mit Leitungswasser.

„Du, ich hab dir gerade erzählt, dass deine Schwester angerufen hat!", bemerkte Livia mit Unruhe in der Stimme. Sie war ihm in die Küche gefolgt.

Ja, das hatte er gehört. Er trank das Glas leer. Lorenza war mit Carrua in Sardinien und würde zu Weihnachten wieder zurück sein. Er litt fast körperlich unter der Abwesenheit seiner unglücklichen Schwester. Immer hatten sie zusammengelebt, Tag für Tag, seit ihrer Geburt, mit Ausnahme der drei Jahre, die er im Gefängnis gesessen hatte, weil er einer alten, krebskranken Frau Sterbehilfe geleistet hatte. Aber im Moment ließ ihn das alles kalt; er musste an anderes denken.

Duca verließ die Küche und sagte zu Livia: „Ja, ich weiß, ich habe verstanden", ging ins Schlafzimmer, zog sich aus, legte sich in das schmale Bett, deckte sich zu und löschte das Licht.

„Duca, was ist denn bloß los mit dir?", fragte Livia in die Dunkelheit hinein. Er antwortete nicht, und so legte auch Livia im Dunkeln ihre Kleider ab und kroch zu ihm unter die Decke. Es war ein Bett für eine Person, und sie hatten in diesen Tagen viel über das Gedrängel auf der schmalen Matratze gelacht. Doch an diesem Abend, in der fast vollkommenen Dunkelheit des Zimmers, lachten sie nicht.

„Was ist denn passiert, Duca? Bitte, erzähl es mir! Kannst du darüber nicht sprechen?“

An ihren Hals geschmiegt, atmete Duca tief durch. „Doch, ich kann es dir schon erzählen“, sagte er in die Dunkelheit hinein und wühlte sich in ihre Haare. „Sie haben eine junge Frau bei lebendigem Leib verbrannt, eine Geistesschwache, in einem Haufen aus Laubresten und Gestrüpp. Die Mörder sind Zuhälter. Ein entsetzliches Verbrechen. Im Leichenschauhaus habe ich den Körper des Mädchens gesehen, und auch den Vater habe ich dorthin bringen müssen. Das war ganz furchtbar. Bitte, nimm es mir nicht übel, aber solange ich die Mörder dieses Mädchens nicht gefunden habe, werde ich wohl immer so sein wie heute Abend.“

„Ja, ich weiß, wie du bist“, entgegnete sie im Dunkeln an seinem Hals, in der Nähe seines Ohrs und seiner stacheligen Wange. „Solange du den Schuldigen nicht bestraft hast, wirst du so sein wie heute Abend.“

Sie rückte noch ein wenig näher. „Dummkopf“, flüsterte sie und umarmte ihn fest.

Ja, wahrscheinlich war er ein Dummkopf, diesen Verdacht hatte er auch schon seit längerer Zeit.

„Es wäre gut, wenn du ab morgen mein Chauffeur bist“, teilte er Livia mit. Ihm war klar, dass dieser Satz alles andere als astrein konstruiert war und sein Grammatiklehrer ihn wegen seiner Konstruktion bestimmt getadelt hätte; aber im Moment interessierte ihn das Urteil von Grammatiklehrern herzlich wenig.

„Dummkopf“, wiederholte Livia – sie hauchte ihre Worte über sein stacheliges Gesicht –, „ich chauffiere dich doch immerzu herum, Tag für Tag. Da brauchst du doch nicht extra zu fragen!“

„Ab morgen und auf längere Zeit“, antwortete Duca, und ihre warmen, weiblichen Rundungen begannen ihn zu entspannen,

„brauche ich einen ganz besonderen Service.“ Er sog den reinen Duft ihrer unparfümierten Haut ein.

„Inwiefern besonders?“, fragte Livia nach, dicht an seine Schulter gekuschelt.

„Die Orte, die ich aufsuchen muss, sind ganz besonderer Art“, erklärte Duca, das Gesicht tief in ihre Haare vergraben. „Früher nannte man sie Freudenhäuser, Bordelle, Puffs – heute heißen sie kulturelle Vereinigungen!“

„Dann fahre ich dich eben dahin“, stellte Livia sachlich fest. „Du bist Polizist und hast deine Ermittlungen durchzuführen, und wenn es sein muss, dann fahre ich dich eben von einem Freudenhaus zum anderen.“

„Ja, es muss sein. Nur kann ich da nicht als Polizist auftauchen, sondern muss mich als Kunde ausgeben.“

„Als Kunde? Warum denn das?“

Duca fuhr mit der Hand durch Livias dichte Haare. „Das ermordete Mädchen muss in einem dieser supereleganten und -teuren Apartments gearbeitet haben. Sie war außergewöhnlich groß, praktisch eine Riesin – das heißt, auf den Strich konnten sie sie ganz bestimmt nicht schicken, auch weil ihre Intelligenz auf dem Niveau einer Achtjährigen stehen geblieben war. In diesen netten Wohnungen kann ich mich allerdings nicht als Polizist präsentieren, sonst erfahre ich gar nichts. Als Kunde hingegen könnte ich vielleicht etwas herausbekommen.“

„Gut, dann werde ich dich also bei dieser ganz speziellen Panoramatour chauffieren“, meinte Livia.

„Ist dir eigentlich klar, wie viele Puffs es hier in Mailand gibt?“, sinnierte Duca. „Die meisten sind in Privatwohnungen untergebracht, aber manche auch in Läden, das ist besonders praktisch. Du gehst einfach in einen Kurzwarenladen, einen ganz normalen, anständig wirkenden Kurzwarenladen, wo alles Mögliche verkauft wird, von bestickten Strümpfen bis zu Kinderhandschuhen, wo aber im Hinterzimmer ein bequemes Sofa steht, und daneben befindet sich ein nettes, kleines Bad. Ein älterer Herr kann da doch ohne Probleme hineingehen! Er kauft vielleicht einen Pulli für seinen Enkel und schaut dann eben im Hinterzimmer vorbei, wo auf dem Sofa ein zwanzigjähriges Mädchen sitzt, das auf einmal eine heiße Zuneigung zu ihm verspürt." Nach und nach besänftigte ihn die Nähe ihres weichen Körpers immer mehr, und so fuhr er mit etwas weniger Wut in der Stimme fort: „Stell dir vor, die Sittenpolizei hat sogar ein Obst- und Gemüsegeschäft hochgehen lassen, dessen Hinterraum zu einem Bordell umfunktioniert war! Da gehst du rein und sagst: ‚Ich hätte gern ein Kilo Äpfel', und die Obstfrau antwortet: ‚Ja, Signore, da hab ich ganz besonders schöne, kommen Sie ruhig mal schauen.' Und dann führt sie dich in den Nebenraum, wo auf dem obligatorischen Sofa die obligatorische Eva wartet, mit dem Apfel in der Hand."

Sie mussten lachen. Es war dunkel und warm, so nah beieinander. Duca streichelte ihr das von unzähligen Schnitten vernarbte Gesicht. „Morgen früh um zehn fange ich an, denn die Orte der Lust sind rund um die Uhr geöffnet." Sie lächelten beide, und Livias Lippen und ihr Atem strichen leise über sein Gesicht. „Vielleicht laufe ich da dem Herrn Komtur über den Weg, der pünktlich um neun sein Haus verlassen hat und in ein Büro gegangen ist, auf dessen Tür groß *Eurometallexport* steht. Nur dass sich dahinter eine Wohnung befindet, die mit Eurometall nicht das Geringste zu tun hat."

„Gut, dann beginnen wir morgen früh um zehn", stimmte Livia zu.

„Wir werden einen hübschen jungen Mann dabeihaben, der uns bei unserer Tour begleitet", teilte Duca ihr mit. „Er trägt eine elegante olivgrüne Jacke und einen feinen gelben Pullover und kennt alle Adressen dieser noblen Etablissements – er ist ein Cicerone der Prostitution, verstehst du?"

„Klar." Sie streichelte ihm übers Ohr. „Aber sei nicht so wütend, bitte!" Sie hatte in seiner Stimme ein fast lautloses Knurren wahrgenommen, das sie gut kannte; und sie wusste, dass es nicht nur Wut war, sondern auch Schmerz. Sanft strich sie ihm über Haare und Nacken. „Beruhige dich doch!"

„Sie haben sie bei lebendigem Leib verbrannt!" Er musste ihre Mörder auftreiben, vorher würde er keine Ruhe finden.

„Ich möchte dich so gern glücklich sehen! Hilf mir dabei, ich bitte dich!", sagte sie, denn seine Bitterkeit war schwer auszuhalten.

Duca umarmte sie fest. Und dann sagte er ein banales, ja fast lächerliches Wort in die dunkle Wärme hinein, in diesem Bett, das kaum einen Meter breit war: „Entschuldige." Aber vielleicht war das das einzige Wort, mit dem er sie um Verzeihung bitten konnte für die Unruhe, die er ihr zumutete. Doch gleich darauf fügte er hinzu: „Morgen früh gehen wir ins Kommissariat, holen uns ein Auto mit Telefonanschluss und den netten jungen Mann mit der olivgrünen Cordsamtjacke, und dann klappern wir nacheinander alle Bordelle dieser Moralmetropole Italiens ab, bis ich die Dreckskerle finde, die dieses arme Mädchen umgebracht haben."

„Basta!", entgegnete sie. „Du nimmst nicht die geringste Notiz von meinem Charme und denkst immer nur an deine Arbeit."

Wieder mussten sie beide lachen – und er dachte nicht mehr an seine Arbeit.

4

Doch schon um sieben Uhr morgens, als er aufwachte, vielleicht von einem Autogeräusch auf der Piazza Leonardo da Vinci geweckt, musste er wieder daran denken. Er knipste die Nachttischlampe an. Der Wecker schrillte laut, Livia schlief tief und fest, aufgedeckt wie immer, denn sie ertrug Decken nicht und zog sie sich sogar im Schlaf weg. Duca strich ihr sacht über die Wange, den Kopf, die Brust und ging dann mit seinen Anziehsachen ins Bad, während sie seelenruhig weiterschlief. Selbst als er vollkommen angekleidet zurückkam, schlief sie noch.

„Guten Morgen, du Schöne! Wie wär's, wenn du jetzt mal aufwachtest?" Sanft ergriff er ihre Haare im Nacken und schüttelte sie ein wenig.

„Ah, Liebster", nuschelte sie verschlafen. Dann öffnete sie mühsam die Augen und streckte ihre Hand nach ihm aus, um ihn zu streicheln.

„Bring meine Frisur nicht durcheinander!", warnte Duca sie lächelnd. „Und beeil dich, ja?"

Nackt sprang sie aus dem Bett, und schon zehn Minuten später – Zeit für ihn, eine Zigarette zu rauchen – war sie fertig.

„Wir gehen zu Fuß", teilte Duca Livia mit.

Es war ein schöner Spaziergang durch einen ungewöhnlich klaren Oktobermorgen. Überhaupt war dieser Mailänder Herbst außergewöhnlich klar und mild. Im Viale Piave, kurz vor der Piazza Oberdan, traten sie in eine Bar, und Duca betrachtete mit Vergnügen, wie Livia ein Cornetto nach dem anderen in ihren Cappuccino tauchte. Frauen, die keine Angst haben, dick zu werden, sind einfach liebenswert, dachte er lächelnd. Dann gingen sie weiter, über den Corso Venezia, die Via Palestro entlang und an den öffentlichen Grünanlagen vorbei. Die Bäume trugen noch all ihr Laub, sodass nicht die geringste Herbststimmung aufkam; eine fahle Sonne – aber immerhin Sonne! – sorgte sogar für eine fast sommerliche Atmosphäre. Sie kamen an die Piazza Cavour, in die Via Fatebenefratelli und schließlich in den Hof des Polizeipräsidiums. Der Alfa Romeo mit Telefonanschluss glänzte bereits in der blassen Sonne, und daneben warteten Mascaranti und der junge Mann mit der olivgrünen Jacke und dem gelben Pullover, der noch immer schneeweiß war vor Angst.

„*Buongiorno, Signorina*", begrüßte Mascaranti Livia.

„*Buongiorno, Dottore.*"

Livia setzte sich ans Steuer, und Duca nahm neben ihr Platz.

„Einsteigen, du Lackaffe", herrschte Mascaranti den bleichen jungen Mann an und stieß ihn auf den Rücksitz des Alfa.

„Lass ihn in Ruhe", meinte Duca.

„Ich kann solche Typen nicht ausstehen", verteidigte sich Mascaranti.

„Los", sagte Duca zu Livia. Er mochte Kerle wie diesen ja auch nicht besonders. Im Rückspiegel betrachtete er die weichen Züge des jungen Süditalieners, während der Motor ansprang und Mascaranti ihnen zuwinkte, ein ironisches Lächeln auf den Lippen, da er über das Ziel ihrer Ausfahrt ja bestens informiert war.

Livia fuhr an. „Wo soll es denn hingehen?", erkundigte sie sich.

„Das wird unser Freund uns jetzt mitteilen", antwortete Duca. „Er hat mir versprochen, mich in das edelste und teuerste Bordell Mailands zu bringen. Ein so extravagantes Mädchen wie diese arme Riesin war bestimmt nicht für eine billige Absteige vorgesehen, nicht wahr, Salvatore?" Er drehte sich um und betrachtete den schmächtigen, dunkelhäutigen Mann, der mechanisch nickte. „Also, wo geht es hin?" Der junge Zuhälter nannte eine Adresse. Die Wohnung lag in der Nähe der Via Manzoni, sie hätten also ebenso gut zu Fuß gehen können. Livia hielt das Auto vor dem Eingang eines alten, ehrwürdigen Mietshauses an, das nach 19. Jahrhundert und Mailänder Boheme aussah. Wer hätte das gedacht! Duca stieg aus und forderte die olivgrüne Jacke auf, es ihm nachzutun. Dann beugte er sich zum Fahrerfenster hinunter, um mit Livia zu sprechen. „Stell dich hier in die Einfahrt, damit kein Auto an dir vorbeikommt." Es konnte ja sein, dass der Zuhälter, den er suchte, tatsächlich dort war und beim Anblick der Polizei versuchte, mit dem Wagen das Weite zu suchen.

„Gut", erwiderte Livia.

Dann folgte Duca seinem schwarzhaarigen Cicerone ins Haus. Es war ganz einfach. Der junge Mann ging an der Pförtnerloge vorbei, aus der ihn ein etwas zwielichtiger Portier misstrauisch und streng beäugte; doch der Lude winkte ihm kurz mit der Hand zu, wie jemand, der von einem Schiff aus den Freund grüßt, den er am Kai zurückgelassen hat, und steuerte dann zielstrebig auf den linken Flur zu.

Fahrstuhl. Letzter Stock. Mansarden stehen in diesem Geschäftszweig ganz hoch im Kurs. Eine Tür und ein Schild mit der Aufschrift *Soffior* – nicht gerade ein gewöhnlicher Name. Die Tür ging auf, und eine Frau, die mindestens vierzig sein musste, auch wenn man ihr das auf den ersten Blick nicht ansah, und die schon jetzt, um zehn Uhr morgens, grell geschminkt war und feurigen Sex versprach, strahlte den jungen Mann in der olivgrünen Cordsamtjacke an – offenbar ein alter Bekannter – und lächelte dann auch Duca zu. „Bitte, kommen Sie doch herein."

Duca folgte seinem Begleiter in die Wohnung. Sie standen in einer Diele, die zwar klein, aber mit einem wertvollen Wandbehang geschmückt war, und gingen dann durch einen kurzen Flur, in dem rechts und links zwei dichte Reihen sehr kleiner, silberner Wandleuchter angebracht waren, die ein gedämpftes Licht verbreiteten und eine merkwürdige Mischung aus weihnachtlicher und erotischer Stimmung erzeugten.

„Das ist ein Freund von mir", erklärte der junge Mann, während sie den kurzen Flur entlanggingen, und seine Stimme war leicht belegt vor Angst.

„Ja, mein Lieber, das habe ich mir schon gedacht", antwortete die ewig Vierzigjährige und öffnete eine Tür. „Schön, dass du mir so nette Freunde bringst."

Duca lächelte ihr zu, um sich für das Kompliment zu bedanken, und trat in ein gediegenes, gutbürgerliches Esszimmer in einem gewollten, ja wirklich ziemlich gewollten Old-America-Stil. Nichts deutete auch nur irgendwie auf die wirkliche Funktion dieser Wohnung hin.

„Setzen Sie sich doch, ich bin gleich wieder da", bat die Vierzigjährige im Ton einer sittsamen Witwe und verließ den Raum.

Duca blieb mit dem Schwarzhaarigen zurück. Leise zischte er ihm zu: „Während ich mir das Mädchen aussuche, kümmerst du dich um die Wohnungsbesitzerin." Eigentlich passte der Begriff „Wohnung" nicht besonders, fand er. „Und versuch ja nicht abzuhauen, mich reinzulegen oder dieser liebenswürdigen Dame mitzuteilen, dass ich von der Polizei bin, denn sonst bist du geliefert: Dann kriegst du täglich eine ordentliche Tracht Prügel, sonn- und feiertags doppelte Ration, klar? Du unterhältst dich jetzt also mit der freundlichen Dame von eben, während ich mich mit dem Mädchen beschäftige. Und noch ein brüderlicher Rat: Enttäusch mich nicht, das vertrage ich nämlich gar nicht! Ich vertraue dir, verstehst du?" Er glaubte, sein Vertrauen gut eingesetzt zu haben, denn obwohl der junge Mann ein Dreckskerl war, war er nicht dumm und begriff, dass er gehorchen musste und jeder Versuch, Duca hereinzulegen oder sich ihm zu widersetzen, umsonst war. Er war nicht der Typ, der Ohrfeigen oder Fausthiebe brauchte, um das zu kapieren.

„Ja", antwortete er gehorsam. „Zahlen müssen Sie aber, bevor Sie aufs Zimmer gehen, sonst schöpft sie Verdacht."

Natürlich. Wie bei einer Zahlung per Nachnahme. Duca betrachtete einige Drucke an der Wand gegenüber. Sie stellten Indianer dar, die sehr effektvoll, ja fast kinoreif ohne Sattel über die Prärie galoppierten. Wahrscheinlich waren die Drucke in einer dieser betriebsamen, tüchtigen lombardischen Druckereien hergestellt worden, mit Klischees, die von ebenso betriebsamen, tüchtigen Lombarden angefertigt worden waren, und zwar so geschickt, dass die Drucke am Ende so aussahen, als hätten die Indianer sie selbst gezeichnet.

„Schon gut, ich zahle vor der Lieferung", beschwichtigte ihn Duca.

Kurz darauf kam ein Mädchen herein, und die Show begann. Sie war zwar klein, aber hübsch, nur dass sie ziemlich verschlafen wirkte und daher ein wenig dumm dreinschaute. Sie hatte wunderschöne, knallenge, leuchtend rosafarbene Cordhosen an – und nur die Oberbekleidung musste sie vergessen haben. Ihre Haare waren sehr kurz geschnitten.

Kurz darauf erschien die Vierzigjährige mit einem Tablett. „Es ist zwar noch ein wenig früh, aber ein *Negroni* tut immer gut… Das gibt frische Energie!" Das letzte Wort betonte sie zweideutig lächelnd und ging dann wieder. Die „Modenschau" ging weiter, dauerte aber nicht lange, denn es waren insgesamt nur vier Mädchen, darunter ein dunkelhäutiges. Duca musterte sie eingehend. Er musste diejenige auswählen, die am ehesten bereit schien zu reden. Er entschied sich für die Schwarze.

Er folgte ihr über einen anderen kurzen Flur und war gleich darauf allein mit ihr in einem kleinen Raum. Ein langer, wenn auch sehr fahler Sonnenstrahl fiel in das kuschelige Zimmerchen. Duca schob den Vorhang beiseite und sah aus dem Fenster. Er blickte auf ein kleines Seitensträßchen der Via Manzoni, entdeckte eine Fleischerei, bemerkte ein Kindermädchen, das eine Doppelkarre mit Zwillingen vor sich herschob – das brachte Glück! –, und vernahm das ohrenbetäubende Getöse eines Baggers: Auf dem Grundstück genau gegenüber wurde das Fundament für ein neues Haus ausgehoben.

„An Feiertagen ist es hier ruhiger", bemerkte die Schwarze.

Duca drehte sich um und sah, dass sie sich mit professioneller Geschwindigkeit all ihrer Kleidungsstücke entledigt hatte. Sie war eine hundertprozentige Schwarze, davon zeugte nicht nur ihre Hautfarbe, sondern auch die Lippen, die leicht flach gedrückte Nase und vor allem der feste, aber etwas längliche, kürbisförmige Busen.

„Stört dich der Krach?", fragte sie. „Manche, die morgens herkommen, macht dieser Radau ganz nervös, aber ich hab nun mal dieses Zimmer hier abgekriegt und muss mich damit abfinden. In den Räumen auf der anderen Seite des Flurs ist es ruhiger, aber die geben sie mir nicht. Elende Rassisten!"

Duca hörte ihr zu und sah sie an. Der Bagger dröhnte entsetzlich, hin und wieder vibrierten sogar die Fensterscheiben.

„Zieh dich wieder an, ich bin nicht deshalb hergekommen. Ich will mit dir reden."

Die Schwarze grinste instinktiv. Prostituierte lernen die merkwürdigsten Männer kennen; aber ein Mann, der morgens um zehn ins Bordell kam, um ein bisschen zu plaudern, war ihr wohl doch noch nie untergekommen.

„Du spinnst", sagte sie und streckte sich auf dem Bett aus. Sie dachte, er sei blau, denn Betrunkene gibt es jede Menge, selbst am frühen Morgen.

Duca setzte sich auf ein kleines Sofa neben dem Bett. „Ich bin Polizist", sagte er. „Zieh dich an und setz dich hier zu mir, ich möchte mit dir reden."

Bei dem Wort „Polizist" lief ein kurzes Zucken durch den wunderschönen Körper der Schwarzen, von den wohlgeformten Füßen bis zu den länglichen Brüsten.

„Du brauchst keine Angst zu haben!“, versuchte Duca sie zu beschwichtigen. Der Sonnenstrahl, der durch den Vorhang ins Zimmer fiel, wurde noch länger.

Sie zog sich die auffällige goldene Strumpfhose an, die sie vorher zu ihrem durchsichtigen Jäckchen getragen hatte, und kam fügsam, wenn auch etwas verängstigt, zu ihm.

„Hab keine Angst. Ich bin Polizist, aber du brauchst dich nicht vor mir zu fürchten.“ Er musste fast schreien, um den Lärm des Baggers zu übertönen. Sie nickte und bedeckte die Brust mit den Händen, denn ihr Jäckchen war wirklich allzu durchsichtig.

„Dies ist meine Dienstmarke“, sagte Duca und zeigte sie ihr. „Ich will dir nicht an den Kragen. Im Gegenteil: Wenn du mir behilflich bist, kannst du diese Wohnung nachher als freie Frau verlassen und gehen, wohin du willst. Ich möchte nur ein paar Informationen von dir.“

Das Mädchen nickte wieder. Es sah aus, als würde sie ihre Angst allmählich verlieren. Sie schien sich darüber klar zu werden, dass der Mann vor ihr kein Feind war.

„Es geht um ein zwei Meter großes Mädchen“, begann Duca. „Sie muss in einer Wohnung wie dieser hier gearbeitet haben, in so einem Mailänder Luxusbordell. Vielleicht hast du ja mal von ihr gehört oder sie sogar kennengelernt? Sie war ein ungewöhnliches Mädchen, wie ich schon sagte, knapp zwei Meter groß und zwei Zentner schwer. Außerdem war sie geistig zurückgeblieben. Das heißt, dass sie wohl nur Männern mit einem ausgefallenen Geschmack gefiel, die genug Geld haben, um sich einen Ort wie diesen hier leisten zu können. Hast du von diesem Mädchen gehört? Das ist alles, was ich von dir wissen will. Hab keine Angst – mehr will ich wirklich nicht!“

Die Schwarze zog die über der Brust verschränkten Arme noch ein wenig fester um sich. „Ja, doch, ich hab von ihr gehört“, sagte sie und schauderte, wohl auch, weil ihr kühl war.

„Was heißt das – du hast von ihr gehört?", wollte Duca wissen.

„Von einem Kunden."

„Kannst du das etwas genauer erklären?" Er senkte die Stimme, denn in diesem Moment hatte der Bagger eine Pause eingelegt, und betrachtete die nackten Füße der Schwarzen auf dem weichen, hellblauen Teppichboden. Es waren wunderschöne Füße; die mit Alpenveilchenrosa lackierten Nägel stachen leuchtend gegen die dunkle Haut ab. „Kannst du mir sagen, wann der Typ hier war und wie er aussah?"

„Es war vor ungefähr drei Monaten, Ende August. Es war furchtbar heiß", erklärte das Mädchen. „Er war gekommen, weil er erfahren hatte, dass es hier eine Schwarze gab." Sie lächelte. „Mich."

„Und dann?"

„Er erzählte mir, dass er auf ‚andersartige' Frauen stand. Das war einer von denen, die immer reden müssen, um sich zu erregen. Er fand mich attraktiv, weil ich eine Schwarze bin. Er war auch schon mit einer Japanerin und sogar mit einer Lesbe im Bett gewesen."

Die junge Frau war intelligent, sie sprach ein weiches, nur leicht eingefärbtes Italienisch – komischerweise mit einem römischen Akzent. Der Bagger hatte sein lästiges Getöse wieder aufgenommen, und so hob sie jetzt ein wenig die Stimme. „Die Frau, die ihn von allen am meisten angemacht hatte, war sehr, sehr groß gewesen, sagte er, und während er von ihr erzählte, erregte er sich immer mehr, und dann ..."

„Und dann?", hakte Duca ungeduldig nach.

Dann, erzählte sie, war der Mann – er war klein, sehr klein und ziemlich fett gewesen und hatte ein bisschen wie ein verzogenes Kind gewirkt – in immer größere Erregung geraten, und während er sie fester und fester umschlang, hatte er ihr erzählt, dass dieses riesige Mädchen sich zu allen Männern hingezogen fühlte und dass es ihr gefiel, an jedem Tag und zu jeder Stunde mit ihnen zu schlafen. Sie war wohl ein wenig meschugge, hatte der kleine, fette Mann gesagt, man merkte, dass sie nicht ganz richtig im Kopf war, aber sie war einsame Spitze!

Einsame Spitze, dachte Duca. Ja, das musste Donatella sein. Der Zufall hatte es gewollt, dass er gleich beim allerersten Versuch auf eine heiße Spur gestoßen war, die früher oder später zu den Mördern führen musste. Einsame Spitze, dachte er bitter. „Und was hat er sonst noch erzählt? Hat er dir gesagt, in welcher Wohnung er mit ihr zusammen gewesen war?"

„Nein, er hat nur gesagt, dass er sie aus den Augen verloren hatte, denn da, wo er sie das erste und einzige Mal getroffen hatte, war sie nicht mehr, und man hatte ihm auch nicht sagen können, wo sie abgeblieben war. Er erzählte, dass er nachts von ihr träumte und bereit gewesen wäre, eine halbe Million Lire für eine Begegnung mit ihr zu zahlen. Ich fand das ziemlich komisch."

„Was war das denn für ein Typ?" Er meinte den Mann, dem die „andersartigen" Frauen gefielen.

Sie beschrieb ihn: klein, schütteres Haar, Bauch und ein ziemlich großes, schwärzliches Muttermal am Hals, das zur Hälfte aus dem Hemdkragen herauslugte.

„Was für einen Eindruck hattest du von ihm? Was könnte er von Beruf sein – Ingenieur? Lehrer? Geschäftsmann? Industrieller? Künstler?"

„O nein, Künstler auf keinen Fall", antwortete die Schwarze, lachte, entspannte sich und versteckte jetzt auch ihre Brust nicht mehr hinter den verschränkten Armen. „Ein Geschäftsmann oder Industrieller, jedenfalls kein Intellektueller. Er machte keinen besonders kultivierten Eindruck."

„Sprach er Dialekt?", erkundigte sich Duca.

„Ja, ja, er sprach Mailändisch." Das Mädchen lachte. „Er sprach ziemlich stark Dialekt." Völlig unvermittelt stand sie auf, das Gesicht zu einer Grimasse verzogen. „Dürfte ich vielleicht etwas trinken? Weißt du, mit Polizisten zu sprechen macht mir Angst, ich kenn das schon."

„Trink ruhig", antwortete Duca, „aber vor mir brauchst du dich nicht zu fürchten, das habe ich dir doch gesagt." Das Mädchen war wunderschön, ein wahres Prachtstück von einer Schwarzen, und zudem verfügte sie über einen scharfen Verstand. Es war wirklich zum Heulen, wenn man daran dachte, wie sie ihr Leben wegwarf. Aber die Wege des Schicksals sind eben fast immer hart und steinig. Sie ging durchs Zimmer und kreuzte den matten Sonnenstrahl, der den dünnen Schleier ihrer Bluse noch durchsichtiger erscheinen ließ. Dann öffnete sie ein Eckschränkchen neben dem Fenster und nahm, immer noch von dem Sonnenstrahl angeleuchtet, eine Flasche und ein Glas heraus. „Möchtest du auch einen Schluck?" Duca schüttelte den Kopf, und so füllte sie ihr Glas, setzte sich wieder und trank. Sie musste fast einen Viertelliter Whisky in das riesige Glas gegossen haben und schlürfte jetzt die Hälfte in kleinen Schlucken aus.

„Denk mal nach, ob dir noch weitere Einzelheiten einfallen", bat Duca, als er sah, dass sie sich etwas beruhigt hatte. „Weitere Einzelheiten, die mit diesem Mann zu tun haben."

Sie nickte. Sie hatte genau begriffen, was er von ihr wollte, und mobilisierte all ihren guten Willen, um sich ihm nützlich zu erweisen. Sie versuchte, sich das Zusammensein mit dem kleinen, dicken Mann so genau wie möglich ins Gedächtnis zu rufen. „Er hat mir gesagt, einmal hätte er es mit einer Zwergin getrieben."

Na, das war kein besonders interessanter Aspekt. Aber da es in Mailand sicher nicht viele Zwerginnen gab, konnte man natürlich versuchen, die Frau, die mit diesem außergewöhnlichen Sammler „andersartiger" Frauen zusammen gewesen war, aufzutreiben, falls sie überhaupt noch in Mailand war, und sie zu verhören. Vielleicht würden dabei noch mehr Einzelheiten ans Licht kommen, die ihnen halfen, ihm auf die Spur zu kommen.

„Bitte, versuch, dich noch ein bisschen genauer zu erinnern", forderte Duca sie freundlich auf.

Sie trank ihren Whisky aus und wippte mit dem freien Fuß ihrer übereinandergeschlagenen Beine. „O ja, jetzt fällt mir noch etwas ein."

„Was denn?"

„Er hat immer von diesem riesengroßen Mädchen erzählt und gesagt, er wäre bereit, eine halbe Million zu zahlen, um noch mal Sex mit ihr zu haben."

„Ja, das hast du vorhin schon gesagt. Und dann?"

„Dann meinte er" – sie erinnerte sich mit Ekel an den kleinen Dicken, der sie geil betatschte und dabei immerzu redete –, „dann meinte er: ‚Weißt du, ich verdien nämlich einen Haufen Geld mit Plastik.'"

„Das hat er dir gesagt? ‚Plastik'? Bist du dir sicher?"

„Ja, ich erinnere mich ganz genau, er hat gesagt ‚Plastik', da bin ich mir hundertprozentig sicher."

Duca sprang auf. Er biss die Zähne zusammen, um nicht laut zu schreien. Jetzt hatte er die Mörder in der Hand! Er brauchte nur einen kleinen Mailänder Industriellen oder Geschäftsmann zu finden, der mit Plastik handelte und ein großes Muttermal am Hals hatte, das zur Hälfte aus dem Hemdkragen hervorlugte. Er würde Mascaranti auf diesen Plastikhersteller ansetzen, und binnen einer Woche würden sie ihn haben. Der kleine fette Mann, der für die arme Riesin bezahlt hatte, würde ihnen die Adresse des Bordells nennen, in dem er sie getroffen hatte, und von dort würden sie bestimmt eine Spur finden, die zu den Mördern führte. Ab jetzt ging der Weg zur Wahrheit bergab, vermutlich würde alles wie von selbst laufen. „Vielen Dank", sagte er zu dem Mädchen. „Wirklich vielen, vielen Dank!" In seiner Stimme schwang der Triumph des Siegers.

Es gibt schon merkwürdige Zufälle im Leben: Im ersten Bordell, das sie aufgesucht hatten, winkte bereits die Wahrheit.

„Vielen Dank", wiederholte er noch einmal. „Wie heißt du eigentlich?"

Der Whisky war ihr zu Kopf gestiegen, sie war betrunken. Breitbeinig saß sie auf dem Sofa und sagte: „Negerhure."

Der ins Zimmer fallende Sonnenstrahl verlosch plötzlich, und der rosalila Nagellack auf den Zehen der wunderschönen Schwarzen hörte auf zu glitzern.

„Warum gibst du dich so auf?"

„Warum nicht? Es ist doch sowieso alles eine einzige Schweinerei."

„Vielleicht nicht alles", wandte Duca ein.

„Alles. Auch du. Du kommst hierher, als wärst du einer, der frühmorgens mal eben Lust auf einen Fick hat, und dabei bist du in Wirklichkeit ein Bulle." Sie schien plötzlich einen Anfall von Redseligkeit bekommen zu haben. „Es ist alles eine einzige Schweinerei; in Wirklichkeit ist alles anders, als es aussieht. Du denkst, du hast einen Freund, und plötzlich merkst du, es ist ein elender Lude, ein *Magnaccia*." Sie benutzte tatsächlich den typisch römischen Ausdruck *Magnaccia*.

„Hast du mal in Rom gelebt?", erkundigte sich Duca.

„Ich bin Römerin", antwortete sie, stand auf und holte sich noch ein Glas Whisky. „Ich stamme zwar nicht von Julius Cäsar höchstpersönlich ab, wie man an meiner Hautfarbe unschwer erkennen kann, aber trotzdem bin ich Römerin: Ich bin in Rom geboren und aufgewachsen, hörst du das nicht an meinem Akzent, Polizist?" Duca ließ sie trinken und reden. Es stimmte, der römische Einschlag in ihrer Sprache war unverkennbar, auch wenn er mit einem Touch Portugiesisch vermischt war. „Als meine Mutter aus Angola nach Rom kam, war sie mit mir schwanger. Ich wurde in einer Wohnung geboren, die zum Tiber hinausging. Meine einzige Erinnerung daran ist das gelbe Wasser des Flusses, den ich aus dem Fenster sehen konnte. Mein Vater war im Auftrag der portugiesischen Regierung in Italien. Doch als ich fünf war, hatten meine Eltern einen schweren Autounfall und sind beide verreckt. Eine Nachbarin, eine alleinstehende Frau, nahm mich zu sich und zog mich auf wie eine Tochter, bis ich vierzehn war." Ihre Redseligkeit wollte kein Ende nehmen, und Duca unterbrach sie nicht. „Bis so ein Schuft von *Magnaccia* erschien, der Sohn einer alten Kupplerin, furchtbar verliebt tat, mich hierher nach Mailand schleppte und mir diese feine Arbeit verschaffte. Und ich hab noch Glück gehabt, denn da ich Schwarze bin und jung noch dazu, also eine Seltenheit, kann ich in Luxusbordellen arbeiten und muss nicht auf den Strich im Bahnhofsviertel."

„Vorhin habe ich dich gefragt, wie du heißt", erinnerte Duca das Mädchen.

„Hier." Sie nahm ein Täschchen aus dem kleinen Nachttisch und hielt ihm ihren Pass hin. „Du kannst mich ruhig einlochen."

Duca las ihren Namen. „Herero Akaunu." Und dann: „Beruf: Hausfrau."

„Nein", erwiderte er, „ich lass dich laufen."

„Was willst du von mir, Bulle?"

Sie war zwar betrunken und wohl auch ziemlich verzweifelt, aber trotzdem gefiel ihm dieser Ton nicht. „Nenn mich nicht Bulle. Und zieh dich an. Ich bring dich hier raus, raus aus diesem Schweinestall."

„Das bringt doch auch nichts", meinte sie und zuckte die Achseln. „Selbst wenn du aus einem Schweinestall wie diesem hier rauskommst, landest du doch gleich wieder im nächsten. Oder willst du mich vielleicht zu den Nonnen schicken, zur Umschulung?"

„Du brauchst nicht umgeschult zu werden, du bist geschult genug", erwiderte Duca trocken. „Ich will dich weder einlochen noch in eine Anstalt stecken. Ich brauche deine Hilfe, um die Mörder dieses Mädchens zu finden. Ich bring dich in ein gutes

Hotel in der Nähe des Polizeipräsidiums, und du hältst dich dort zu meiner Verfügung. Kapiert?"

Ja, sie hatte verstanden. „Du kommst jetzt mit mir. In zehn Minuten wird die Wohnung hier von einem Haufen Polizisten gestürmt. Sie werden alle verhaften, außer dich, denn du kommst jetzt mit mir. Gibt es hier einen *Magnaccia* in der Wohnung?"

Sie zuckte erneut die Achseln. „Hier gibt es immer mindestens zwei, die unsere Arbeit überwachen. Und dann die Besitzerin."

„Zieh dich jetzt an", forderte Duca sie auf. „In ein paar Minuten kommen unsere Leute, und so wie du aussiehst, kannst du schlecht mitkommen."

„Das ist bestimmt eine Falle", meinte sie skeptisch. Sie streifte sich die durchsichtige, goldene Strumpfhose ab, zog das kurze, schwarze, schleierleichte Jäckchen aus, öffnete den Schrank und wählte ein festes, orangefarbenes Kostüm. Wie schön Orange auf dunkler Haut aussieht, dachte Duca.

5

Genau eine Minute später bremste vor dem Haus ein Zellenwagen der Polizei. Angeführt von Mascaranti stürmten sechs Polizisten die Wohnung, nachdem der junge Mann in der olivgrünen Cordjacke ihnen freundlicherweise die Tür geöffnet hatte, und machten dort reiche Beute: Außer der Bordellbesitzerin und den drei Mädchen verhafteten sie zwei junge Männer – einen großen, grobschlächtigen und einen etwas ausgemergelten mit verkniffenem Blick –, die zweifelsohne den ehrenwerten Beruf des Zuhälters ausübten. Mascaranti ließ sich von der liebenswürdigen Besitzerin den Hunderttausendlireschein erstatten, den Duca ihr hatte geben müssen, um mit der Schwarzen aufs Zimmer gehen zu können. Außerdem hatten sie das Glück, achtzig Tütchen Stenamin-Kapseln zu beschlagnahmen: frische Kraft für matte Kunden. „Am liebsten würde ich euch beiden diese Pillen alle auf einmal in den Schlund kippen", zischte Mascaranti den Zuhältern zu. „Und jetzt raus!" Er verplombte Türen und Fenster der Wohnung und lud dann die ganze Gesellschaft hinten in den Polizeiwagen. Im Kommissariat würde er die Herrschaften eigenhändig durchkämmen, und zwar äußerst skrupulös und mit einem sehr feinen Kamm; er würde sie ausfragen, bis sie all ihre Schweinereien ausgespuckt hatten, und dann würde er sie an die Kollegen der Sittenpolizei weitergeben, und die würden sie sich garantiert noch einmal und noch eingehender vornehmen.

Derweil begleiteten Duca Lamberti und Livia Ussaro die schöne Schwarze ins Hotel Cavour. Sie gingen zu Fuß – er links, sie rechts, ihr schöner Schützling in dem orangefarbenen

Kostüm in der Mitte. Ihr Alfa hatte den Geist aufgegeben, und zwar ausgerechnet in dem Moment, als sie das Freudenhaus verließen. Auch so etwas kommt vor im Leben.

Sie betraten die Eingangshalle des Hotels und zogen dabei die Aufmerksamkeit einer Gruppe Deutscher auf sich, die die schwarze Römerin bestaunten, als sei sie der Mailänder Dom oder das Sforza-Schloss – eine Art grandioses, exotisches Monument der Weiblichkeit. Duca ließ sich ein Zimmer geben, und dann gingen sie alle drei gemeinsam hinauf. Ab und zu mussten sie die schöne Schwarze stützen, denn sie war mittlerweile fast vollkommen betrunken. Kaum hatten sie das Zimmer betreten, ließ sie sich aufs Bett fallen und nahm eine Zigarette aus ihrer orangefarbenen Handtasche. Duca gab ihr Feuer. „Hör mal zu", begann er, „sagst du mir bitte noch mal deinen Namen? Das hast du zwar schon getan, aber ausgefallene Namen kann ich mir schlecht merken, und ich rede nicht gern mit Leuten, von denen ich nicht weiß, wie sie heißen."

„Herero", antwortete sie, die Augen halb geschlossen vor Müdigkeit.

„Ach ja, jetzt erinnere ich mich wieder, Herero. Ein schöner Name", meinte Duca.

„Meine Eltern waren Hereros; Herero ist der Name eines Bantustamms in Angola, deswegen haben sie mich so genannt."

Livia saß am anderen Ende des Zimmers und hörte zu, sah dabei jedoch nicht zu den beiden anderen hinüber, sondern aus dem Fenster. Ihr Gesicht verschwand hinter ihren langen Haaren, sodass die Narben nicht allzu sehr auffielen. Sie betrachtete die Sonne und freute sich an diesem für Mailand Ende Oktober außergewöhnlichen Geschenk.

„Hör mal, Herero, ich werde meine Freundin hier bei dir lassen", sagte Duca. „Sie ist keine Polizeibeamtin, sondern einfach eine sehr gute Freundin, die mir bei meiner Arbeit ein wenig zur Hand geht. Sie wird dich nicht überwachen, sondern dir nur ein wenig Gesellschaft leisten. Eigentlich hätte ich dich ins Kommissariat bringen müssen, aber da es dir im Moment nicht besonders gut geht, hätte mir das schon ein wenig leidgetan. Hier wirst du dich wohler fühlen." Als Ex-Arzt hatte er Hereros Problem sofort begriffen: Sie lief Gefahr, sich umzubringen. Sie befand sich am Rande des Selbstmords, wie ein Glas, das genau an der Tischkante steht – und plötzlich hinunterkippt. Das wollte er verhindern. „Ich brauche deine Hilfe, Herero", fuhr er fort, „nur für ein paar Tage, dann bist du frei, das habe ich dir ja versprochen."

„Ich möchte trinken", stammelte Herero, „Whisky, wenn möglich Mackenzie."

Duca machte Livia ein Zeichen; sie stand auf und ging ans Telefon. „Eine Flasche Whisky, bitte. Haben Sie Mackenzie?"

Livia legte wieder auf. „Ja, haben sie", teilte sie den anderen mit. Sie blieb am Fenster stehen und blickte weiter in die Sonne.

„Was willst du von mir, Bulle?" Ruckartig stand die Schwarze auf und stellte sich ans Fenster neben Livia. „Los, rede! Du spendierst mir dieses schicke Hotelzimmer und den Whisky doch nicht umsonst!"

„Doch, ich gebe sie dir umsonst. Ich wollte dich um einen Gefallen bitten, aber wenn du nicht willst, ist es auch in Ordnung – das Hotelzimmer und den Whisky bekommst du trotzdem, und außerdem steht es dir jederzeit frei zu gehen, meinetwegen auch sofort. Ich werde dich nicht gefangen halten. Und Freiheit unter Schutzaufsicht ist das hier auch nicht. Geh ruhig, wenn du willst! Wenn du mir allerdings den Gefallen tätest, um den ich dich gleich bitten werde, würdest du mir sehr helfen."

Sie antwortete nicht. Der Kellner kam mit dem Whisky, Eiswürfeln und Gläsern. Schweigend ging Herero zum Tisch und goss sich reichlich ein. Sie weinte lautlos, ohne zu schluchzen, und setzte sich wieder aufs Bett, das Glas in der Hand. Unbeweglich saß sie da, die Tränen rannen ihr über die Wangen, und auf einmal sagte sie: „Entschuldige, dass ich ‚Bulle' zu dir gesagt habe."

„Für mich ist es eine Ehre", antwortete Duca, „wenn man mich respektvoll Polizist nennt."

„Entschuldige, dass ich es ohne Respekt zu dir gesagt habe."

In dem vagen Sonnenschein, der ins Zimmer fiel, schillerten die Tränenspuren auf ihrer dunklen Gesichtshaut.

„Manchmal ist man eben nervös", meinte Duca. „Schwamm drüber."

„Sag mir, was ich tun soll", forderte sie ihn auf und trank wieder.

„Das riesengroße Mädchen, von dem ich dir erzählt habe", sagte Duca, „ist umgebracht worden. Man hat sie bei lebendigem Leib verbrannt, in einem Laubhaufen am Straßenrand. Ich suche ihre Mörder. Vielleicht kannst du mir dabei helfen."

„Sag mir, was ich tun soll", wiederholte sie mit der monotonen Gleichgültigkeit der Betrunkenen.

„Du hast doch bestimmt jede Menge Freundinnen und Kolleginnen", sagte Duca. „Seit wann machst du denn diesen Job?"

„Seit ich vierzehn bin, Polizist." Diesmal sagte sie es mit Respekt in der Stimme, mit einem Respekt, der von Herzen kam, mit einer plötzlichen, leidenschaftlichen Zuneigung. Dann verfiel sie wieder in ihr stilles, unbewegtes Weinen, an dessen Gründe Duca auf keinen Fall rühren wollte.

„Weißt du, die Nachbarin, die mich adoptierte, als meine Eltern verreckten, ist selbst verreckt, als ich in dem Alter war, vierzehn. Da nahm mich eine Freundin von ihr zu sich – und die hatte nichts Besseres zu tun, als mich mit alten Schlabbergreisen ins Bett zu schicken."

Direkt, wie sie war, erzählte sie eine dieser traurigen Geschichten, wie sie leider seit Menschengedenken immer wieder vorkommen.

„Warum sagst du ‚verreckt' statt ‚gestorben'?"

„Ich kannte einen, der das immer sagte, damals, als ich vierzehn war. Es war der Sohn der freundlichen Dame, die mich aufgenommen hatte, und er wurde meine ‚große Liebe'." Sie trank wieder und wischte sich dann die Tränen vom Gesicht. Sie hatte aufgehört zu weinen. „Seitdem habe ich mehr Geld verdient als eine Bankfiliale. In unserer Branche gibt es hier in Italien keinen Rassismus: Bei den Freiern liegen die Schwarzen hoch im Kurs, je schwärzer, desto besser, und ich bin eine Vollblutbantu. Je mehr ich auf Schwarze mache, desto mehr zahlen die Kunden. Nur dass ich selbst nie eine einzige Lira davon gesehen habe. Die Alte und ihr Sohn nahmen mir alles weg, und auch später war es nicht anders. Und trotzdem habe ich dumme Kuh immer wieder an diese Ludenärsche geglaubt und werde das wohl bis an mein Lebensende tun." Sie trank noch einen Schluck. „Sag mir, was ich tun soll", wiederholte sie.

„Hier ist ein Telefon", erklärte Duca und zeigte auf den Apparat.

„Ich werde dir alle Telefonbücher bringen lassen, die du haben willst – von Italien, Europa, Südamerika und aus dem Fernen Osten. Und du rufst all deine Freundinnen an, deine Kolleginnen, alle, die du kennst, egal, wo sie wohnen, und sagst ihnen Folgendes. Pass gut auf!"

„Ja, ja, ich pass schon auf."

„Du sagst ihnen also Folgendes", fuhr Duca fort und betonte dabei jedes einzelne Wort. „‚Bis vor einiger Zeit hatte ich eine sehr gute Freundin, die hieß Donatella. Sie war zwei Meter groß und wog knapp zwei Zentner. Wir haben zusammen gearbeitet. Aber dann, vor ein paar Monaten, hab ich sie auf einmal aus den Augen verloren und seitdem nie wieder etwas von ihr gehört. Ich möchte sie unbedingt wiedersehen. Kennst du sie vielleicht? Oder hast du von ihr gehört? So ein großes Mädchen fällt doch auf! Weißt du etwas über sie? Wenn nicht, frag doch mal deine Freundinnen.' – So, genau das sollst du ihnen sagen. Meinst du, du kannst dir das merken?"

„Natürlich kann ich mir das merken. Ich bin zwar betrunken, aber nicht blöd."

„Meine Freundin wird dir helfen. Alles, was ihr herausbekommt, schreibt ihr auf. Und denk daran: Das Mädchen, das sie bei lebendigem Leib verbrannt haben, hieß Donatella Berzaghi, war achtundzwanzig und geistig zurückgeblieben. Bitte hilf mir, ihre Mörder zu finden!"

„Ich werde dir helfen, das verspreche ich."

„Livia wird dir alle Telefonbücher besorgen, die du brauchst."

„Ich brauche keine. Ich habe eine Freundin, die ist so eine Art internationale Hurenagentur." Sie war jetzt wieder etwas wacher. „Die hat sämtliche Adressen und Telefonnummern, die ich brauche."

„Hast du auch Freundinnen außerhalb von Italien?"

„Ja, ein paar schon. Eine in Marokko, eine in Griechenland, eine in Rio de Janeiro."

Duca stand auf. „Danke."

„Ist schon gut. Ich werde so lange herumtelefonieren, bis ich etwas herausbekommen habe."

Duca ging zur Tür. „Noch zwei kleine Bitten. Die erste: Du kannst trinken, so viel du willst. Aber wenn es etwas weniger wäre, würde ich mich freuen."

„Vergiss es, das ist nicht drin." Sie schüttelte den Kopf. „Und die andere?"

„Ich würde gerne den Namen deines letzten Zuhälters erfahren."

Sie lächelte mit verzweifelter Sanftmut. „Auch das kannst du vergessen. Den werde ich nie herausrücken."

Duca nickte. Er blickte zu Livia hinüber. „Ich geh jetzt, Livia." Dann fügte er laut und deutlich hinzu, sodass auch die Schwarze es hören konnte: „Lass sie keine Sekunde aus den Augen, nicht mal, wenn sie aufs Klo muss. Sobald du dich umdrehst, springt sie aus dem Fenster."

Mit dem Glas in der Hand sagte Herero, die schöne Bantu: „Ja, das stimmt; aber erst, wenn ich die Telefonate erledigt habe."

Duca verließ den Raum. Er ging die zweihundert Meter zum Kommissariat hinüber, ging in sein Büro hinauf und ließ nach Mascaranti schicken.

„Entschuldigen Sie die Verspätung", keuchte Mascaranti, als er schließlich hereinkam, „aber einer dieser feinen Herren, die wir festgenommen haben, hat mir ins Gesicht gespuckt, und da musste ich mich erst mal waschen. Trotzdem freue ich mich riesig darüber: Dafür bekommt er runde sechs Monate wegen Beamtenbeleidigung!"

Komische Welt, wo sich einer freut, wenn man ihm ins Gesicht spuckt! Aber Polizisten kann eben alles passieren. „Hör zu, Mascaranti: Ich suche einen Mann um die fünfzig mit einem großen Muttermal am Hals, das zur Hälfte aus seinem Hemdkragen hervorschaut. Einen aus der Mailänder Plastikbranche. Natürlich gibt es hier jede Menge Plastikhersteller mit großen und kleinen Firmen. Bei unserem Mann muss es sich aber um einen kleinen Unternehmer handeln oder höchstens einen mittleren, denn wenn es ein Großindustrieller wäre, würde er nicht ins Bordell gehen."

Mascaranti hatte sich Aufzeichnungen gemacht. *Relativ kleine Statur, großes Muttermal am Hals, das aus dem Hemdkragen hervorschaut, mittelständischer Plastikhersteller.* Sehr zahlreich konnten die Mailänder Plastikhersteller mit so einem Muttermal am Hals ja nicht sein.

„Es ist dringend", unterstrich Duca. „Treib ihn mir so bald wie möglich auf!" Er schätzte, Mascaranti würde ungefähr eine Woche benötigen. „Ach so – und schick mir diesen jungen Mann mit der olivgrünen Jacke rauf, ja?"

„In Ordnung. Der flennt übrigens ununterbrochen", erklärte Mascaranti. „In seiner Zelle. Der wachhabende Beamte ist extra zu mir gekommen, um mir das mitzuteilen."

„Schick ihn mir am besten jetzt gleich“, bat Duca.

Schon wenige Minuten später stand der junge Mann vor ihm. Seine Augen waren rot verschwollen und sein Gesicht angstverzerrt.

„Warum heulst du?“, fragte Duca.

„Sie hatten mir versprochen, Sie würden mich freilassen, und jetzt haben Sie mich doch eingelocht! Und wenn rauskommt, dass ich mit der Polizei zusammengearbeitet habe, bringen die mich um.“

„Ich hatte dir versprochen, dich laufen zu lassen“, sagte Duca ruhig, „und das werde ich auch tun. Ich habe dich nur ein paar Stunden einsperren lassen, damit du nicht denkst, du könntest einfach abhauen. In ein paar Minuten bist du frei, auch wenn man Ausbeutern wie dir gegenüber eigentlich keine Versprechen halten sollte. Aber das ist leider eine Schwäche von mir, dass ich immer Wort halte, selbst wenn es besser wäre, es nicht zu tun. Du bist also frei: In zwei Minuten wird dich ein Beamter nach unten bringen, und dann kannst du deine üblichen Schweinereien wieder aufnehmen. Einen kleinen Gefallen musst du mir allerdings noch erweisen, sonst lasse ich dich nicht laufen. Viel verlange ich wirklich nicht, nur das eine: Wenn du in deiner werten Umgebung irgendetwas über ein riesengroßes Mädchen hörst – du weißt schon, von wem ich spreche –, möchte ich, dass du herkommst, zu mir persönlich, und es mir mitteilst. Und außerdem will ich eine Telefonnummer, unter der ich dich jederzeit erreichen kann. Und komm bloß nicht auf die Idee, Mailand zu verlassen! Denn wenn du auf Reisen gehst, erkläre ich dir den Krieg!“ Als er fertig war, bedeutete er dem Beamten, den jungen Zuhälter wegzubringen. Sollte er doch zur Hölle fahren!

Plötzlich kam ihm in den Sinn, dass seine Schwester mit Carrua in Sardinien war und er ihr eigentlich mal wieder ein paar Zeilen schreiben könnte. Die letzte Postkarte hatte er vor über einem Monat abgeschickt. Und so schnappte er sich einen Block mit billigem, grauem Papier und begann: *Liebe Lorenza …*

DRITTER TEIL

In ihr Zimmer eingeschlossen wie in einen Käfig, hatte Donatella aus vollem Hals nach ihrem Papa gerufen, so laut, dass die Fensterscheiben klirrten. Der ältere Herr, der gerade bei ihr gewesen war, hatte sich hastig angekleidet, vollkommen schockiert über das herzzerreißende Klagen, das aus ihr herausbrach wie das wilde Trompeten einer verzweifelten Elefantin – Papa! Papa! Papa!

1

Duca schämte sich, seinen engsten Mitarbeiter derart unterschätzt zu haben. Er hatte geglaubt, Mascaranti würde etwa eine Woche brauchen, um den Plastikhersteller mit dem Muttermal am Hals aufzustöbern, der regelmäßig Luxusbordelle besuchte und auf „andersartige" Frauen stand – und dabei hatte er ihn schon nach sechsunddreißig Stunden angeschleift und stand jetzt mit ihm vor Ducas Schreibtisch.

„Danke schön", sagte Duca. „Setz dich hin und schreib mit."

Froh, sich nützlich machen zu können, nahm Mascaranti Platz und zückte seinen Notizblock. Der Herr vor ihm war offensichtlich ziemlich betucht; außerdem war er offensichtlich Mailänder; und drittens hatte er offensichtlich kein bisschen Mumm in den Knochen und war absolut unfähig zu protestieren. Nie hätte er gewagt, etwas zu sagen wie: „Sie haben nicht das Recht, mich um diese nachtschlafene Zeit aus dem Bett zu holen! Sie wissen vielleicht nicht, wer ich bin! Ich bin ein Industrieller, ein ehrsamer Bürger …", und so weiter und so fort. Tatsächlich sagte er gar nichts. Er saß nur stumm da, das Gesicht leichenblass vor Angst.

„Entschuldigen Sie, dass ich Sie um diese späte Stunde gestört habe", begann Duca. „Ich möchte Sie nur um einen kleinen Gefallen bitten, denn Sie wollen doch sicher der Justiz behilflich sein? Das hoffe ich zumindest."

„O ja, natürlich", antwortete der Herr mit dem großen Muttermal am Hals, das halb aus dem Hemdkragen hervorschaute. Ducas freundlicher Ton ermutigte ihn ein wenig. Nicht, dass ihm viel daran gelegen hätte, der Justiz zu helfen, doch er hatte

Angst, es könnte herauskommen, dass er regelmäßig eine „kulturelle Vereinigung“ besuchte und es zweimal mit Minderjährigen, sehr Minderjährigen sogar, getrieben hatte. „Wenn ich etwas für Sie tun kann – gerne.“

„Ich brauche nur eine klitzekleine Information“, meinte Duca noch freundlicher als vorher. „Uns ist zu Ohren gekommen, dass Sie einmal in Begleitung eines Mädchens waren ...“

Cavalier Salvarsati, Besitzer einer kleinen, aber ertragreichen Fabrik, in der diverse Gegenstände aus Plastik hergestellt wurden – unter anderem eine geniale Nadeleinfädelvorrichtung, die seine Firma in die ganze Welt exportierte –, wurde immer bleicher und sah so aus, als sei er einem Herzinfarkt nahe. Vor Angst schlotternd wartete er auf den Rest des Satzes, der ihm in flammenden Lettern vor Augen stand: „*Uns ist zu Ohren gekommen, dass Sie einmal in Begleitung eines Mädchens waren, das nicht älter als dreizehn war.*“ Doch obwohl die Gesellschaft dieses blutjungen Mädchens eine nicht zu leugnende Tatsache war, sagte Duca die gefürchteten Worte nicht.

Stattdessen sagte er: „... eines Mädchens waren, das ein ganzes Stück größer war als normal, nämlich knapp zwei Meter, und ziemlich viel wog, nämlich fast zwei Zentner. Dieses Mädchen, heißt es, hätten Sie in einem Freudenhaus kennengelernt.“

Der Mann nickte hastig und wurde knallrot – nicht etwa, weil er sich schämte, sondern vor Erleichterung, dass sein Albtraum nicht wahr geworden und die Episode mit der Dreizehnjährigen nicht ans Licht gekommen war.

„Ja, ich meine, mich daran zu erinnern ...“ In Wirklichkeit erinnerte er sich natürlich bestens, wollte sich aber nicht festnageln lassen.

„Wissen Sie, es handelt sich um ein sehr, sehr großes Mädchen“, fuhr Duca geduldig fort. Es war ja nachvollziehbar, dass dieser tüchtige, sinnliche Mailänder Schwierigkeiten hatte, so etwas zuzugeben. „Sie ist nicht einfach ein wenig größer oder schwerer als andere Frauen. Wenn Sie mit diesem Mädchen zusammen gewesen sind, *müssen* Sie sich einfach daran erinnern und können nicht den geringsten Zweifel haben."

„Ich meine, ja, aber wirklich sicher bin ich mir nicht", log der Kleine ängstlich, aber gleichzeitig fest entschlossen, auf einer möglichst unverbindlichen Ebene zu bleiben, um sich ja nicht zu kompromittieren. Er war ein typischer Lombarde, der es sich dreimal überlegt, bevor er sich festlegt.

Duca griff zum Telefon. Bei Plastikherstellern braucht man Geduld, viel Geduld. „Stellen Sie mich bitte zum Hotel Cavour durch", forderte er den Beamten der Telefonvermittlung auf. Er musste eine ganze Weile warten und versuchte dabei, nicht das große Muttermal seines Gegenübers anzustarren. Schließlich wurde er mit dem Zimmer von Livia und der Schwarzen verbunden.

Livia hob ab. „Ja?"

„Wie geht's?", erkundigte sich Duca.

„Gut, wir sind ständig am Telefonieren", antwortete Livia.

„Habt ihr schon etwas herausbekommen?"

„Nein, noch nichts. Auch in Algier keine Spur von ihr. Jetzt wollten wir gerade in Assisi anrufen."

„Wie bitte?", fragte Duca nach. „Ich glaube, ich hab dich nicht richtig verstanden." Er hatte zwar genau gehört, was sie gesagt hatte, wollte aber dennoch eine Bestätigung. „Ihr wollt in Assisi anrufen?"

„Ja, in Assisi, denn…"

„Moment, das erklärst du mir lieber später", unterbrach er sie. „Jetzt wollte ich dich bitten, kurz mit unserer Freundin hierherzukommen, und zwar sofort."

„In Ordnung", entgegnete sie.

Nachdem er den Hörer aufgelegt hatte, wandte sich Duca wieder an Cavalier Salvarsati. „Wir müssen ein paar Minuten warten." Er streckte Mascaranti seine Hand hin, und dieser gab ihm eine Zigarette und hinterher Feuer. „Rauchen Sie?"

„Ja", antwortete der kleine Dicke, schlug Ducas einfache Nazionale jedoch aus und zog eine englische Marke, Royal Size, aus der Tasche, die Mascaranti ihm mit ironischer Höflichkeit anzündete. Er hatte jedoch keine Zeit, sie aufzurauchen: Schon nach der halben Zigarette klopfte ein Beamter an die Tür und ließ Livia und die Schwarze eintreten. Beim Anblick der Römerin aus Angola legte Cavalier Salvarsati seine Zigarette in den Aschenbecher und vergaß sie dort schlagartig.

„Ist dies der Mann, von dem du erzählt hast?", fragte Duca Herero.

„Ja, natürlich ist er das." Sie war ziemlich betrunken und schwankte ein wenig.

„Gib ihr einen Stuhl", wies Duca Livia an.

Der Plastikhersteller war mittlerweile fast grün im Gesicht. Er starrte die schwarze Schöne an, für die Livia einen Stuhl neben ihn gestellt hatte.

„Kennen Sie diese Frau?", fragte Duca.

Er gab wieder die gleiche Antwort – er hatte nicht einmal den Mumm, geradeheraus zu lügen. „Ich meine, ja, aber ich bin kein besonders guter Physiognomiker, wissen Sie …"

Mascaranti brach in ein kurzes Lachen aus, was den Mann, der so albern geantwortet hatte, noch mehr verschreckte. Auch der Beamte an der Tür konnte sich das Grinsen nicht verkneifen.

„Ich bitte Sie, Signor …", begann Duca.

„Cavalier Salvarsati", sprang Mascaranti ein.

„Ich bitte Sie", wiederholte Duca. „Keiner hat Sie angeklagt, und niemand hier will Ihnen einen Strick drehen und Ihnen lebenslänglich aufbrummen. Sie brauchen keine Angst zu haben! Ich möchte nur, dass Sie mir ein paar Fragen beantworten. Je eher Sie antworten, desto eher sind Sie wieder frei. In fünf Minuten können Sie wieder nach Hause gehen, wenn Sie nicht immer nur sagen: ‚Ich meine dies, ich meine jenes.'"

Als waschechter Mailänder begriff Cavalier Salvarsati, dass er es nicht mit einem Schwindler, sondern mit einem loyalen Gegenüber zu tun hatte.

„Ja, ich habe diese Frau schon mal gesehen", gab er schließlich zu und zeigte auf Herero, die links von ihm saß.

Diesmal war es Herero, die kurz auflachte. „Das nennt er ‚sehen'!", spottete sie, und sogar Livia hatte große Mühe, sich ein Lächeln zu verkneifen.

„Diese Dame behauptet", fuhr Duca fort, „Sie hätten ihr bei einer Begegnung erzählt, dass Sie in einem Bordell einmal ein sehr, sehr großes und sehr, sehr schweres Mädchen getroffen haben. Ist das wahr – ja oder nein?"

Dass Duca, nachdem er seine Frage gestellt hatte, plötzlich aufsprang, erschreckte den kleinen lombardischen Industriellen zu Tode. „Ja, es ist wahr … Sie war sehr groß … sehr!"

„War es diese Frau?" Duca knallte ihm ein Foto vor die Nase, das er einer Mappe auf seinem Schreibtisch entnommen hatte.

„Ja, ja, sie ist es."

„Gut. Nur noch ein paar kurze Fragen", meinte Duca. „Ich will die Adresse des Apartments wissen, in dem Sie das Mädchen getroffen haben. Und versuchen Sie ja nicht, mir weiszumachen, Sie erinnerten sich nicht. Und außerdem brauche ich die Telefonnummer."

Während Mascaranti jedes einzelne Wort gewissenhaft mitschrieb – es fehlte nicht viel, und er hätte sogar die Seufzer notiert, die in diesem netten Gespräch in diesem freundlichen Büro ausgestoßen wurden –, erwiderte der Mann: „Doch, doch, ich erinnere mich bestens." Und dann nannte er Straße und Hausnummer.

„Und die Telefonnummer?", hakte Duca nach. „Wenn Sie Ihren Kalender herausholen, sparen wir viel Zeit. In Ihrem Telefonverzeichnis haben Sie die Nummer sicher notiert, vielleicht unter ‚Notar Berruti' oder ‚Gesellschaft für Eisenimporte', um

Ihre Frau ein wenig irrezuführen, falls sie neugierig ist und in Ihren Sachen herumwühlt. Also, Signor …"

„Salvarsati", sprang Mascaranti erneut ein.

„Die Nummer!", forderte Duca. Er sah Livia an. „Bring sie wieder nach Hause", bat er und meinte natürlich das Hotel. Er musterte Herero, die volltrunken auf ihrem Stuhl hin- und herschwankte.

„Und lass sie nicht aus den Augen."

„Keine Sorge", beruhigte ihn Livia. Mit schwesterlicher Sanftheit zog sie Herero hoch. „Komm jetzt."

Duca sah den beiden Frauen nach. Als sie den Raum verlassen hatten, schlug er plötzlich mit der flachen Hand auf den Tisch, denn allmählich hatte er genug von diesem kleinen, schlabberigen Industriellen, der es sich offenbar leisten konnte, eine Million Lire im Monat für seine sexuellen Eskapaden auszugeben, und gleichzeitig so feige und verklemmt war, dass er ihn eine Unmenge Zeit kostete. „Ich will die Telefonnummer wissen, und zwar sofort!"

Mit einem Gesicht, das erneut einen Herzinfarkt befürchten ließ, diesmal wegen seiner Röte, antwortete der Kleinindustrielle: „Sie hatten kein Telefon. Ich habe die Adresse über eine fliegende Einladung bekommen."

Duca musterte ihn neugierig. Er verstand nicht, was das heißen sollte, „über eine fliegende Einladung".

„Was meinen Sie denn damit?"

Bevor der vor Angst inzwischen grau gewordene Mann antworten konnte, griff Mascaranti ein: „Ein Telefon zu haben ist heutzutage viel zu riskant, trotz aller Tricks, die es so gibt. Luxusbordelle bedienen sich deshalb eher der Technik der persönlichen Einladung. Dazu werden distinguierte Herren eingesetzt, die Verbindung zu wohlhabenden älteren Männern wie Cavalier Salvarsati aufnehmen. Mal trifft man sich im Büro, mal in einer Bar oder sogar im Restaurant, und sobald die Vermittler den

Kunden richtig einschätzen können, kommen sie mit einem Vorschlag. ‚Mögen Sie Rothaarige? Ich kenne da eine sehr hübsche und außerordentlich charmante Dame. Wenn Sie wollen, nehme ich Sie mit an einen ungestörten Ort und mache Sie miteinander bekannt.' Es sind Sexvermittler! So einen Herrn wird Cavalier Salvarsati getroffen haben, und der hat ihm dann die Bekanntschaft mit einer zwei Meter großen, sehr schönen jungen Frau angeboten. Der Vermittler wird gesagt haben, es sei zwar nicht ganz billig, lohne sich aber auf alle Fälle. Dann wird er Cavalier Salvarsati gefragt haben, an welchem Tag und zu welcher Uhrzeit er das Mädchen sehen wolle, und an diesem Tag um diese Uhrzeit wird er ihn in eins ihrer Apartments gebracht haben, die jedes Mal wechseln. Das ist der Grund, wieso man von ‚fliegenden Einladungen' spricht. Deshalb kann er Ihnen tatsächlich keine Telefonnummer nennen."

Duca ließ sich noch eine Zigarette herüberreichen. Er fragte sein Gegenüber: „Stimmt es, dass der Termin auf diese Weise zustande gekommen ist? Dass Ihnen jemand ein ‚andersartiges' Mädchen angeboten hat? Eine Riesin?"

„Ja, ja, das stimmt." Endgültig überführt und einem Kollaps nahe, gab der kleine Industrielle jetzt alles zu: „Er hat mir aber auch viele andere Frauen angeboten. Ich bin halt so, Herr Kommissar, da kann ich nichts machen … obwohl ich mich manchmal etwas dafür schäme."

Duca fürchtete, der Kleinindustrielle würde gleich zu heulen beginnen – das hätte er nun wirklich nicht vertragen. „Beruhigen Sie sich", beschwichtigte er ihn. „Und sagen Sie mir, wer dieser Mann war." Er meinte den Vermittler.

„Ich muss mal sehen, ob ich seine Visitenkarte finde", erwiderte der Plastikhersteller eifrig, zog endlich seinen Taschenkalender hervor, der ziemlich dick war und voller Visitenkarten und sonstiger Zettel steckte, kramte hektisch in seinen Papieren und fand schließlich, was er suchte.

Duca las: *Donato de Vittorio – Rechtsberatung.* Es folgten eine Adresse und zwei Telefonnummern, geschäftlich und privat. Duca gab Mascaranti die Visitenkarte. „Morgen früh bringst du mir diesen werten Herrn!“ Meine Güte, er war wirklich ein ziemlich unerfahrener Polizist: Er wusste nicht einmal, dass es Bordelle gab, die über „fliegende Einladungen“ funktionierten! Wo man ganz regulär einen Termin bekam, wie beim Zahnarzt. Er wandte sich wieder an den Mann, der vollkommen fertig vor ihm saß, einem Nervenzusammenbruch nahe. „Gehen Sie ruhig wieder nach Hause. Ich danke Ihnen für Ihre Informationen.“

2

In einem Polizeiwagen, der von einem der dienstältesten Beamten des Präsidiums gefahren wurde und in dem hinten noch mehrere, allerdings wesentlich jüngere Beamte saßen, kam Duca wenige Stunden später zu der Adresse, wo es der kleine Industrielle mit der armen Donatella Berzaghi getrieben hatte. Es war eine Straße mitten im Zentrum, doch kaum war der Polizeiwagen zum Stehen gekommen, fiel Duca zweierlei auf: erstens, dass dort ein Bagger unter ohrenbetäubendem Lärm auf einer Baustelle herumfuhr und dabei war, ein riesiges Loch auszuheben; und zweitens, dass dieses Loch sich genau an der Stelle befand, an der einst das Haus gestanden haben musste, in das sich der Mann mit dem Muttermal am Hals für seine Ausflüge in die käufliche Liebe begeben hatte – auch die mit geistesschwachen Mädchen. Um ganz sicherzugehen, wandte Duca sich an den Verkäufer des Gemüseladens gegenüber und fragte, ob sich dort, wo jetzt die Fundamente für ein neues Haus gelegt wurden, vorher die Nummer achtzehn befunden hatte. „Ja, ja, genau da", bestätigte der Gemüsehändler.

Eine Razzia in einem Bordell zu organisieren, mit Polizeiwagen, Beamten und allem Drum und Dran, und dann feststellen zu müssen, dass das Gebäude, in dem sich das Bordell befunden hat, inzwischen abgerissen ist und sich an der Stelle nur noch ein riesiges Loch befindet, ist an sich schon eine bittere und etwas lächerliche Erfahrung für einen guten Polizisten; doch steigerten sich die Bitterkeit und Lächerlichkeit fast ins Unerträgliche, als Duca das Motorengeräusch eines anderen Baggers in den Sinn kam, das ihm drei Tage zuvor das Gespräch mit der verzweifelten Bantu erschwert hatte, und ihm klar wurde, was das bedeutete.

Das Haus mit dem Bordell hatte sich zwischen zwei piekfeinen Sträßchen mitten im Mailänder Zentrum befunden. Sein nutzloser Polizeiwagen voller Beamter stand jetzt in einer der beiden Straßen, die unter dem Motorenlärm erbebten; vor drei Tagen hatte er selbst hingegen am Fenster eines Hauses der anderen Straße gestanden und dort während der Unterhaltung mit der schönen Schwarzen den Lärm desselben Baggers zu übertönen versucht.

Bitter dachte Duca, dass er gern etwas mehr Humor gehabt hätte, denn dann wäre er jetzt in lautes Lachen ausgebrochen: Kaum reißt du ein Bordell ein, entsteht gegenüber auch schon das nächste.

Während sie zum Kommissariat zurückfuhren, grübelte er finster vor sich hin. Wie sollte er bloß an die Mieter der Wohnung herankommen, in der Donatellas Körper verschachert worden war? Na ja, möglich war das schon – allerdings auch ziemlich langwierig. Das Haus hatte bestimmt mindestens vier Stockwerke gehabt, und da es einen ganzen Block zwischen zwei Straßen eingenommen hatte, musste es dort an die zwanzig Wohnungen gegeben haben, von denen einige in Privatbesitz, andere vermietet und wieder andere vielleicht sogar untervermietet gewesen waren. Es würde Monate dauern und einen ganzen Schwarm von Beamten erfordern, diese Spur zu verfolgen, und dabei litt die Polizei unter chronischem Personalmangel und hatte selbst Schwierigkeiten, einen Beamten wegen eines Raubüberfalls in den Tabakladen an der Ecke zu schicken. Nein, auf diese Weise würde er nicht vorankommen. Besser, er schlug sich das aus dem Kopf.

Als er in sein Büro kam, wartete schon die nächste Enttäuschung auf ihn. Schwungvoll legte Mascaranti ihm die Visitenkarte vom Vorabend, *Donato de Vittorio – Rechtsberatung,* darunter Adresse und Telefonnummern, auf den Schreibtisch und teilte ihm lakonisch mit: „Alles falsch."

„Wie meinst du das?"

„Es gibt in Mailand keine Via Colchitor. Ich habe mich sogar bei der Toponomastik-Abteilung der Stadtverwaltung erkundigt. Und die Telefonnummern sind auch falsch."

Duca betrachtete die Nummern auf der Visitenkarte. Sie sahen eigentlich völlig normal aus. „Wieso falsch?"

„Es sind Nummern für neue Anschlüsse, die noch gar nicht zugeteilt wurden", erläuterte Mascaranti. „Heute Morgen um acht habe ich mich ans Telefon gehängt und einen Experten von Stipel aus dem Bett geholt, und der hat mir alles erklärt. Über eine Stunde hatte ich versucht, die beiden Nummern anzuwählen, nur dass nie etwas zu hören war – weder ein Frei- noch ein Besetztzeichen. Der Mann von Stipel hat mir gesagt, dass es für die verschiedenen Bezirke bestimmte Nummern gibt, die für neue Kunden vorgesehen sind. Wenn Sie sich zum Beispiel eine Villa in San Siro kaufen und einen Telefonanschluss beantragen, bekommen Sie eine Nummer dieser Gegend zugeteilt. Solange die Nummer aber noch nicht zugeteilt ist, gibt es sie praktisch nicht. Das ist, als würden Sie an einen Sarg klopfen und rufen: ‚Ist da jemand?'"

Dieser makabre Vergleich reizte Duca nur noch mehr. „Und der Name? Hier steht doch sein Name: Donato de Vittorio. Hast du versucht herauszubekommen, ob der Name falsch ist oder nicht?"

Mascaranti hielt ihm eine Zigarette hin, um ihn zu besänftigen, und gab ihm Feuer. „Ehrlich gesagt, hatte ich keine Lust, auch nur eine einzige Minute länger mit diesen Nachforschungen zu verplempern", erklärte Mascaranti. „Ich habe keine Ahnung, wie viele Donato de Vittorios es hier in Mailand gibt. Aber es hätte wirklich keinen Sinn gehabt, da groß rumzusuchen. Ich hatte mir ja vorgenommen, diesen Herrn in der Via

Colchitor zu besuchen, aber auf dem Stadtplan habe ich die Straße nicht gefunden. Also habe ich mich an die Zentrale der Carabinieri gewandt, doch auch die kannten den Straßennamen nicht. Daraufhin habe ich den Chef der Toponomastik-Abteilung aus dem Bett geholt, und der hat mir offiziell bestätigt, dass man mich an der Nase herumgeführt hat. Tja, damit muss man sich abfinden", fügte er ärgerlich hinzu. „Aber offen gestanden, wenn ich so ein Vermittler wäre – glauben Sie tatsächlich, dass ich mir Visitenkarten mit meinem echten Namen drucken lassen würde, inklusive Adresse und Telefonnummer? Wir filzen doch Abend für Abend Typen, die zwei oder sogar drei verschiedene Ausweise besitzen, und wissen ganz genau, dass wir uns jedes Mal fürchterlich abstrampeln müssen, um herauszubekommen, welcher denn nun der echte ist. Ich würde auch unter falschem Namen auftreten; ich würde auch ein paar große Scheine hinblättern, um einem korrupten Angestellten noch nicht zugeteilte Telefonnummern aus der Nase zu ziehen; ich würde auch ohne Weiteres einen Straßennamen erfinden – Hauptsache, man tritt als Rechtsberater auf oder als Bergbauingenieur und nimmt Kontakt zu lauter alten, sabbernden Eseln auf, die versuchen, sich ihre Stimmung mit ein paar jungen Frauen ein wenig aufzuhellen." Er lachte angespannt.

„Komm, beruhige dich", beschwichtigte ihn Duca. Mascaranti hatte vollkommen recht – er hätte eigentlich auch selbst darauf kommen können. Nur dass er offenbar dabei war zu verblöden. Sie hatten verschiedene Spuren: den Mann mit dem Muttermal am Hals; ein Bordell, das zwar abgerissen worden war, aber doch weitergehende Ermittlungen erlaubte; und dann die Visitenkarte. Man hätte versuchen können, die Druckerei ausfindig zu machen, in der sie gedruckt worden war, oder den verdammten Angestellten, der dem Vermittler die noch nicht zugeteilten Nummern gegeben hatte. Nur dass das alles viel Arbeit bedeuten würde, sehr viel Arbeit, und außerdem würde es die Mitarbeit von zig Einheiten und Spezialabteilungen erfordern. Und dabei wollte er diesen widerlichen Fall doch so bald wie möglich abschließen.

Eine Hoffnung hatte er allerdings noch. „Ich gehe mir mal einen Moment die Beine vertreten", sagte er zu Mascaranti.

3

Er brauchte nicht mehr als eine knappe Minute bis zum Hotel Cavour und ging sofort hinauf zu Hereros Zimmer.

Doch er sah nur Livia.

„Wo ist sie?", fragte er schroff.

„Im Bad, keine Sorge", antwortete Livia.

„Ich hatte dir doch gesagt, du sollst sie keine Sekunde aus den Augen lassen!"

„Schon gut, Duca." Er tat ihr immer so leid, wenn er diesen bösen Ton in der Stimme hatte – der bedeutete, dass es ihm schlecht ging. Also klopfte sie an die Badezimmertür. „Mach mir auf, bitte!"

„Kommen Sie rein, Fräulein Polizistin, die Tür ist nicht abgeschlossen."

Livia öffnete die Tür und trat ins Bad. Herero stand in der Badewanne unter der brausenden Dusche und ließ sich kaltes Wasser über den Körper laufen. Einige Minuten später kam sie ins Zimmer zurück und ging auf Duca zu, der steif auf einem Stuhl saß und sie erleichtert betrachtete. Wie gut, dass sie noch lebendig war! Das Bad ist schließlich der Ort, an dem man sich am bequemsten umbringen kann.

„Was ist denn los?", fragte sie. „Ich kann mich ja wohl mal duschen, oder?"

„Entschuldige", antwortete Duca. „Ich wollte wissen, was deine Telefonate machen."

„Wir haben alle ihre Freundinnen angerufen", mischte sich Livia ein, „aber herausgefunden haben wir nichts."

„Du hast von Assisi gesprochen."

„Ja, es sieht so aus, als könnte es dort eine Spur geben – allerdings nur eine sehr vage“, meinte Livia.

„Ich habe mich nach einer Freundin erkundigt“, erklärte die schöne Bantu, „und erfahren, dass es ihr seit Monaten gesundheitlich ziemlich schlecht geht und sie deshalb zu ihren Eltern nach Assisi gefahren ist.“

Merkwürdig, wie das Leben so spielt, dachte Duca. Da wird jemand in Assisi geboren, geht nach Mailand strichen, wird krank und kehrt nach Assisi zurück.

„Ich habe ihre Adresse in Assisi herausbekommen und sie dort an einem öffentlichen Telefon angerufen. Als ich ihr erklärte, worum es ging, hat sie mir sofort gesagt, sie habe das Mädchen gesehen, wenn auch nur ein einziges Mal. Sie wusste sogar, dass sie Donatella hieß.“

Duca wurde noch steifer. „Bitte, rede weiter!“

„Sie hat sie in einer Wohnung gesehen, als das Mädchen …“, begann Livia, unterbrach sich dann aber.

Donatella war immer in ihr Zimmer eingeschlossen gewesen, hatte Hereros Freundin erzählt. „Keine von uns hatte sie je zu Gesicht bekommen. Wir wussten nicht einmal, dass es sie gab, denn in der Wohnung lief sie nie herum. Doch dann, eines Nachts, gab es auf einmal ein riesiges Durcheinander …“

In ihr Zimmer eingeschlossen wie in einen Käfig, hatte Donatella plötzlich angefangen, herzzerreißend zu schreien. Aus vollem Hals hatte sie nach ihrem Papa gerufen, so laut, dass die Fensterscheiben klirrten. Der ältere Herr, der gerade bei ihr gewesen war, hatte sich hastig angekleidet, vollkommen schockiert über das lang gezogene, steinerweichende Klagen, das aus ihr herausbrach wie das wilde Trompeten einer verzweifelten Elefantin – Papa! Papa! Papa! Bis auf die Piazza San Babila mussten ihre Schreie zu hören gewesen sein, bis in die Via Manzoni und auf die Piazza Cavour. Rastlos war das Mädchen durch den Raum geflattert, nackt wie sie war, war gegen Stühle, Möbel und Wände gestoßen, hatte sich dabei sogar verletzt und doch immer weiter geröhrt, mit dieser vor Verzweiflung blutenden Stimme – Papa! Papa! Papa!

Alle waren sie angelaufen gekommen, nicht nur die Bordellbesitzerin, nicht nur die beiden obligatorischen Zuhälter, die dort wie immer Wache hielten, sondern auch die anderen Mädchen, die beiden älteren Putzfrauen und die Köchin. Die wenigen betuchten Kunden hingegen, die sich gerade in der Wohnung aufgehalten hatten, waren natürlich so schnell geflohen, wie es ihre geschwächten Kräfte zuließen, denn der berühmte Herzchirurg X oder der bekannte junge Verleger Y wollten auf keinen Fall riskieren, in einer derart kompromittierenden Umgebung auf frischer Tat ertappt zu werden.

Hereros Freundin war in Donatellas Zimmer gekommen, als die beiden Zuhälter die Riesin bereits außer Gefecht gesetzt hatten und sie nicht mehr nach ihrem Papa schrie. Sie mussten ihr einen Faustschlag ins Gesicht versetzt haben, denn ihr Mund hatte geblutet. „Raus hier, Nutte!“, hatte einer der beiden sie angeschrien.

Eigentlich hatte es dieser freundlichen Aufforderung gar nicht mehr bedurft, denn von Panik erfasst, waren die Mädchen allesamt geflohen, und Hereros Freundin war nie wieder in diese Wohnung zurückgekehrt.

„Deine Freundin wird dir doch wohl hoffentlich die Adresse gegeben haben?“, erkundigte sich Duca.

„Natürlich“, antwortete Livia anstelle der Bantu, die gerade dabei war, sich eine Zigarette anzuzünden. „Ich habe sie aufgeschrieben.“

Duca las die Adresse und schloss die Augen. Es gibt Momente, in denen das Leben einfach durch und durch gemein ist. Die Straße und Hausnummer stimmten exakt mit der Adresse überein, wo er vor ein paar Stunden gewesen, aber nur noch ein riesiges Bauloch vorgefunden hatte, und wo ein imposanter Bagger die Nerven der Anwohner von acht Uhr morgens bis fünf Uhr nachmittags auf eine harte Probe stellte.

„Hat dir deine Freundin sonst noch etwas erzählt?“, fragte er Herero. Wenn schon das Gebäude nicht mehr existierte, da es ja leider dem Erdboden gleichgemacht worden war, so konnte er doch vielleicht darauf hoffen, etwa den Namen der Bordellbesitzerin herauszubekommen oder Hinweise auf die beiden Zuhälter, die anderen Mädchen oder zumindest die Putzfrauen oder die Köchin zu erhalten. Jeder Name, jedes Indiz konnte dazu beitragen, der Wahrheit schneller auf die Spur zu kommen.

„Nichts“, antwortete sie lapidar. Ihre Augen waren vollkommen klar und kein bisschen durch den Whisky getrübt. „Ich weiß, was du wissen willst, hab sie auch danach gefragt. Wenn sie irgendetwas wüsste, hätte sie es mir gesagt. Aber sie weiß selbst nichts, denn sie war an jenem Abend das erste Mal dort – und auch das letzte, denn ihr Freund wollte nicht, dass sie noch mal …“

„Dann bitte sie wenigstens, dir den Namen ihres Beschützers mitzuteilen, denn der weiß mit Sicherheit, wer die Besitzerin und die beiden Zuhälter des Bordells waren. Bitte!“

Mit entschlossener Miene antwortete sie: „Ich werde sie nicht anrufen, um sie danach zu fragen. Aber selbst wenn ich es täte – sie würde es mir nicht sagen!“

Es war wirklich ein Jammer! Der sardische Schäfer verheimlicht der Polizei den Namen des Banditen, der seinen Bruder ermordet hat; die alte Sizilianerin verschweigt den Namen des Mafioso, der den Sohn ihrer besten Freundin umgelegt hat; und Prostituierte verraten nie und nimmer den Namen des abscheulichen Individuums, das sie kaltblütig versklavt. Aber bitte, sollten sie doch so weitermachen! Sollten sie ihren merkwürdigen Ehrenkodex doch beibehalten! Schon seit Längerem dachte er manchmal, dass man eigentlich nicht nur die Schuldigen bestrafen müsste, sondern die Opfer, die sich aufgrund ihrer seltsamen Moralvorstellung foltern ließen, gleich mit.

„Dann sag mir wenigstens den Namen deiner Freundin, die jetzt in Assisi wohnt."

Herero Akaunu hatte sich aufs Bett gesetzt, da der Aschenbecher auf dem Nachttisch stand. „Den hat sich deine Kollegin bereits notiert. Ich habe meine Freundin nämlich an einem öffentlichen Telefon angerufen und musste ihren Namen ausrufen lassen, und da hat sie ihn gleich in ihren Kalender geschrieben." Sie drückte ihre Kippe sorgfältig aus. „Jetzt hör mir mal gut zu, Polizist: Ich habe Vertrauen zu dir gehabt und war bereit, dir bei der Suche nach den Mördern zu helfen. Meine Freundin aber, die lässt du schön aus dem Spiel. Sie ist ein armes Schwein, krank und mit den Nerven am Ende, und wird dir nicht mehr sagen können und wollen, als sie mir bereits erzählt hat. Ich will nicht, dass du sie hierher nach Mailand schleifst und tage- und nächtelang verhörst, bis sie endlich den Namen ihres Luden ausspuckt, denn dann wärst auch du nicht so, wie du aussiehst, nämlich ein korrekter Typ, der versucht, seine Arbeit ordentlich zu machen. Dann wärst du wie alle anderen – einfach nur ein übler Bulle!"

Duca wandte sich an Livia. „Gib ihr den Zettel, auf dem der Name ihrer Freundin steht." Livia holte ihr Notizbuch aus der Tasche, riss die Seite heraus und gab sie dem Mädchen. „Wir brauchen das nicht", erklärte Duca. „Dafür werde ich dir eine Adresse geben." Er schrieb seinen Namen, Adresse und Telefonnummer auf einen zerknüllten Zettel, den er aus seiner Hosentasche gefischt hatte, und fügte auch die Durchwahl seines Büros hinzu. „Das ist mein Name und meine Telefonnummer zu Hause, und darunter steht meine Nummer im Kommissariat. Wenn du irgendetwas brauchst – ich bin jederzeit bereit, dir zu helfen. Und jetzt kannst du gehen. Du bist frei. Vielen Dank für deine Hilfe!"

Das Mädchen nahm den Papierfetzen, steckte ihn in die Tasche ihres weichen, orangefarbenen Kostüms und sagte völlig verblüfft: „Ich kann gehen?"

„Natürlich“, bestätigte Duca.

Trotz ihrer geschmeidigen Figur ging Herero Akaunu mit steifen Schritten zur Tür, öffnete sie und verließ den Raum, ohne noch etwas zu sagen oder sich noch einmal umzudrehen.

Livia schluckte vor nervöser Anspannung. „Glaubst du, dass sie sich umbringen wird?“, fragte sie.

„Ich weiß nicht“, meinte Duca, „und ich bin mir auch nicht sicher, ob ich alles Menschenmögliche getan habe, um das zu verhindern. Wahrscheinlich nicht.“

Livia ging zum Nachttisch, auf dem die Whiskyflasche stand und Hereros Glas, an dem etwas Lippenstift klebte. Sie wusch das Glas im Bad aus, kam zurück und goss sich einen großen Schluck Whisky ein. Sie brauchte das jetzt.

„Ich hätte gern einen Rat von dir“, sagte Duca.

„Ja.“

„Wir haben keine einzige Spur, die es uns erlauben würde, Donatellas Mörder in nächster Zeit zu finden. Ich hatte gehofft, diese Geschichte binnen einer Woche oder höchstens zwei über die Bühne zu bringen. Es gibt zwar ein paar Indizien, die am Ende vielleicht zu einer Lösung des Falls führen könnten, aber das wird Monate und Monate dauern, und ich bin einfach nicht der Typ für so eine mühselige und langwierige Arbeit. Was hältst du davon, wenn ich den Fall Mascaranti überlasse? Der hat zwar auch eine Menge zu tun, würde die Wahrheit am Ende aber wahrscheinlich herausfinden. Meinst du, das ginge? Ich hab die Nase voll von diesen armen Huren, von diesen widerlichen Luden und den alten, geilen Böcken, die ohne Weiteres bereit sind, eine halbe Million für ihr Laster hinzublättern; und auch von den verdammten Kupplerinnen, die ihnen kleine Mädchen, Riesinnen, Zwerginnen, Affen und was weiß ich noch alles für Perversitäten offerieren. Es reicht mir, ehrlich, es reicht mir einfach! Da lob ich mir doch all die handfesten Bankräuber, die mit ihrer Maschinenpistole im Anschlag verwegen eine

Bankfiliale stürmen oder den Mumm haben, einen Postzug zu überfallen! Sogar die Einbrecher und Diebe, die den Tabakladen an der Ecke ausräumen, sind mir lieber als diese ekelhaften Blutsauger, die sich auf Kosten von armen, ausgebeuteten Frauen eine goldene Nase verdienen!“

„Genau deshalb musst du weitermachen, damit diese Widerlinge immer weniger werden!“, sagte Livia hart. „Mascaranti genügt nicht – auch du wirst gebraucht und noch viele andere mehr. Je zahlreicher ihr gegen diese Abscheulichkeiten vorgeht, desto eher wird es euch gelingen, sie einzudämmen. Wenn du das Handtuch wirfst – und du bist schließlich einer der Intelligentesten –, was soll denn dann der kleine Polizist machen, der zur Razzia in den Corso Vittorio beordert ist und die Papiere der Zuhälter kontrolliert, die im Säulengang hin und her flanieren und auf ihre Goldhennen aufpassen, die sie in den Nebenstraßen versteckt halten?“

Zwei oder drei Minuten lang schwieg Duca. Dann holte er tief Luft und sagte: „Vielen Dank, Minerva.“ Ja, er würde weitermachen, mit noch mehr Energie als vorher. Seine Depression war wie weggeblasen. „Wir müssen noch einmal ganz von vorn anfangen. Wir müssen uns diesen Jüngling mit der olivgrünen Cordjacke schnappen und zusammen systematisch alle Luxusbordelle abklappern. Ich muss diese verdammten Kuppler – Männer und Frauen – finden, die Donatella gekannt, ausgebeutet und schließlich umgebracht haben …“

„Komm, beruhige dich“, sagte Livia sanft.

VIERTER TEIL

Er hatte das Zimmer seiner geliebten Tochter vollkommen leer geräumt. Die Möbel Stück für Stück auseinander montiert und alles in den Keller gebracht. Ihre Puppen hatte er in Plastiksäcke gepackt, und eines Morgens hatte er die Müllabfuhr abgewartet und zugesehen, wie die Müllmänner seine Säcke in den riesigen Schlund des Lasters warfen. Es gibt Erinnerungen, die so unerträglich sind, dass sie einen umbringen – er aber wollte leben, bis die Mörder seiner Tochter bestraft waren.

1

Als Signor Amanzio Berzaghi aus seiner Stammkneipe im Viale Tunisia trat, humpelte er ein bisschen weniger als sonst, was am Alkohol lag, denn der Grappa hatte die merkwürdige Eigenschaft, sein kaputtes Knie zu schmieren und gelenkiger zu machen. Vielleicht hatte er etwas mehr getrunken als üblich, und wer ihn nicht kannte, hätte kaum bemerkt, dass er leicht gehbehindert war, so sicher, ja fast geschmeidig bewegte er sich an diesem Abend, trotz seiner eher massigen Gestalt.

Er öffnete die Wohnungstür genauso zögernd wie immer, denn er kam nicht gern nach Hause, seit Donatella dort nicht mehr auf ihn wartete. Es war Freitagnacht kurz nach ein Uhr. Er hatte so lange aufbleiben und Grappa trinken können, weil es bei Gondrand eine Fünf-Tage-Woche gab und er morgen, am Samstag, ausschlafen konnte. Doch trotz der alkoholbedingten Euphorie bereitete ihm die Wohnung, in der er nun schon seit Monaten ohne seine Tochter lebte, ohne seine Donatella, stets ein starkes Unbehagen, und so musste er sich immer regelrecht überwinden, um überhaupt einzutreten.

Als Erstes schaltete er das Licht an, denn in der Dunkelheit hatte er Angst wie ein Kind. Und so sah er ihn sofort. Halb unter seinem Schuh versteckt. Einen Briefumschlag. Er ließ seinen Fuß eine Weile stehen, wo er war, und versuchte sich darüber klar zu werden, was das bedeutete. Trotz des Alkohols in seinem Blut begriff er allmählich, dass jemand den Brief unter der Tür hindurchgeschoben haben musste.

Er nahm den Fuß von dem Umschlag, bückte sich und hob ihn auf. Der Brief trug keine Adresse und war nicht zugeklebt.

Lange betrachtete er ihn, ohne ihn zu öffnen, zog schließlich aber doch den Zettel heraus, der darin steckte, und las. Lange stand er so da und las ihn wieder und wieder. Dann steckte er Brief und Umschlag in die Jackentasche, ging ins Bad – plötzlich humpelte er wieder, sogar noch mehr als sonst –, schaffte es gerade noch bis zum Waschbecken und erbrach sich, obgleich er eigentlich gar nichts im Magen hatte, da er im Grunde kaum noch etwas aß; trotzdem musste er sich übergeben.

Dann zog er sich bedächtig das Jackett aus, denn schließlich war er ein gründlicher, auf Sauberkeit bedachter Mailänder, wusch sich ausgiebig, zog die Jacke wieder über, ging in der Totenstille, die jetzt immer über seiner unendlich trostlosen Wohnung lag, durch den Flur und trat in das kleine Esszimmer, das auch als Wohnzimmer diente, schaltete alle Lichter an, setzte sich an den Tisch und las den Brief im Schein der Tischlampe noch einmal.

Bis um drei Uhr früh saß er so da und las ihn immer wieder, mit extremer Methodik, in Intervallen von ungefähr zwei Minuten. Fünfzigmal? Hundertmal? Dann stand er auf und ging zu seinem Schlafzimmer. Gleich nebenan lag das Zimmer seiner Tochter. Wie jeden Abend öffnete er die Tür und knipste das Licht an.

Das Zimmer war vollkommen leer. Kein einziges Möbelstück befand sich mehr darin – es war nichts geblieben als ein großes, leeres Quadrat. Sogar die Glühbirne, die von der Decke herabhing, war nackt – eine nackte Glühbirne an einem nackten Halter. Als Donatella das Zimmer noch bewohnt hatte, hatte dort eine prächtige Lampe mit einem gläsernen, in allen Regenbogenfarben schillernden Lampenschirm gehangen, an dem Dutzende kleiner Disneyfigürchen baumelten, die Donatella über alles geliebt hatte: Mickymaus, Bambi, Pluto, Donald Duck.

Doch er hatte alles beseitigt. Es mochte ja möglich sein, bestimmte Dinge zur Erinnerung an seine Tochter aufzuheben, wenn sie an einer Lungenentzündung gestorben oder bei einem Verkehrsunfall ums Leben gekommen war; wenn sie aber von blutrünstigen Bestien entführt und dann kaltblütig und brutal umgebracht worden war – nein, dann war das undenkbar. Nachdem er Donatellas Überreste im Leichenschauhaus gesehen hatte, hatte er ihr Zimmer ausgeräumt, um sie nicht mehr vor sich sehen, sich nicht mehr an sie erinnern zu müssen, fast so, als hätte sie nie existiert. Es gibt Erinnerungen, die so unerträglich sind, dass man sie für immer aus seiner Seele verbannen muss.

Stück für Stück hatte er die Möbel ihres Zimmers auseinander montiert und im Keller verstaut. Stück um Stück hatte er sich das Heer von Puppen vorgenommen, die auf dem Bett und dem Sofa seines Töchterchens, auf den beiden Sesseln und dem Fensterbrett aufgereiht waren, und jede einzelne in Papier eingeschlagen; nacheinander hatte er alle Disneyfiguren von der Lampe abgehängt und mehrere Plastiktüten mit all ihren Sachen gefüllt. Eines Morgens hatte er dann die Müllabfuhr abgewartet und zugesehen, wie die Müllmänner seine Säcke in den Schlund des riesigen Lasters warfen. Hätte er all die Puppen, Mickymäuse, Donald Ducks und Bambis aufbewahrt, wäre er wahrscheinlich verrückt geworden oder an einem Herzschlag gestorben. Er aber wollte leben und bei klarem Verstand darauf warten, dass man die Mörder seiner Tochter fasste. Nichts hatte er aufgehoben als ihre Fotografien. Alles andere, was an sie erinnerte, hatte verschwinden müssen.

Das Zimmer war deshalb gähnend leer, wie nach einem Umzug. Trotzdem öffnete Amanzio Berzaghi jedes Mal, wenn er nach Hause kam, die Tür ihres trostlos leeren Zimmers, und dann füllte es sich auf einmal wie von selbst: Die Möbel standen wieder an ihrem alten Platz – das Bett, die kleine Kommode, die Puppen; die Disneyfiguren, die an der Lampe hingen, bewegten sich im Luftzug, und die kleine Spieluhr mit dem

Karussell drehte sich wieder und schepperte die altbekannte Melodie.

Amanzio Berzaghi schaltete das Licht wieder aus und schloss die Tür. Er wusste genau, dass dieses regelmäßige Öffnen der Tür zu dem leeren Zimmer, wenn er nach Hause kam, eine leere, sinnlose, ja fast lächerliche Geste war. Und doch konnte er einfach nicht davon lassen.

Er ging ins Nebenzimmer, in das Schlafzimmer von ihm und seiner Frau, der *guten Seele*. Bedächtig zog er sich aus, kroch unter die Decke und schloss die Augen. Die Nachttischlampe löschte er nicht – das hatte er sich schon damals abgewöhnt, als seine Frau gestorben war und er angefangen hatte, über sein Töchterchen zu wachen.

Da lag er nun, mit geschlossenen Augen, und las diesen Brief immer wieder von Neuem. Inzwischen kannte er ihn auswendig, Wort für Wort. Und auch die Schrift sah er überdeutlich vor sich, diese großen, etwas unregelmäßigen Lettern.

2

Immer wieder, unendlich viele Male, las er ihn, die ganze Nacht hindurch.

Dies sind die Namen und Adressen der Mörder deiner Tochter:

1. Franco Barone hat sie mit einem Stein erschlagen. Wohnt in der Via Ferrante Aporti 86, zusammen mit seiner Freundin namens:

2. Concetta Giarzone, loses Frauenzimmer, arbeitet nachts als Garderobenfrau in einem Night Club. Hat geholfen, deine Tochter zu entführen.

3. Michelone Sarosi, kennst du bestens, ist Barmann in der Kneipe, in der du immer deinen Grappa trinkst. Die beiden anderen kennst du auch, die sind Kunden dort.

Das war alles. Keine Silbe mehr. Mit geschlossenen Augen lag er da, unbeweglich, wie versteinert, und wiederholte im Geist jene Worte: *Franco Barone hat sie mit einem Stein erschlagen.* Oder: *Concetta Giarzone: Hat geholfen, deine Tochter zu entführen.*

Besser fühlte er sich erst morgens gegen neun – das war die Zeit, um die er aufzustehen beschlossen hatte. Im Bad wurde ihm auf einmal schlecht. Er sackte in sich zusammen und blieb wohl auch ein paar Sekunden ohne Besinnung auf dem Fußboden liegen. Was ihn so schwach machte, war der Gedanke, dass er noch am Abend zuvor mit Michelone gesprochen hatte. Vor gerade mal acht Stunden hatte Michelone ihm seinen Grappa eingeschenkt und mit einem anderen Kunden über den Totoschein gescherzt, der am nächsten Tag, dem Samstag, auszufüllen war.

Als er wieder zu sich kam, gelang es ihm, sich mühsam aufzurichten und, auf die Badewanne gestützt, aufzustehen. Er musste daran denken, dass er auch die beiden anderen gut kannte: Sie waren Stammkunden, Freunde des Barmanns Michelone, der sie „Concettuzza" und „Francolino" nannte.

Während er sich rasierte, kam er zu dem Schluss, dass in dem Brief die Wahrheit stand. Er war alt und erfahren und deshalb auch relativ vorsichtig; er hatte nicht sofort glauben wollen, was da auf dem Zettel stand – schließlich gibt es auch Leute, die sich üble Scherze erlauben. Er spülte sich den letzten Schaum vom Gesicht und erfrischte seine Wangen mit etwas Alkohol. Doch wer diesen Zettel geschrieben hatte, wusste offensichtlich genau Bescheid. Er setzte sich auf den Badewannenrand, denn ihm war noch immer ein wenig schwindlig, und er fürchtete, er könne noch einmal fallen. Als er sich besser fühlte, verließ er das Bad.

Bis zur Bar, in der Michelone arbeitete, waren es nur ein paar Meter. Es musste eine enorme Befriedigung für einen Vater sein, dem Mörder seiner Tochter in die Augen zu schauen und mit ihm zu reden, und er wollte diese Befriedigung unbedingt spüren. Er hatte Michelone zwar auch am Abend zuvor gesehen, doch da hatte er ja noch nicht gewusst, dass er der Mörder seiner Tochter war. Jetzt hingegen würde er ihn mit ganz anderen Augen betrachten.

Er trat in die Bar. Seit Jahren kam er regelmäßig hierher, zweimal vormittags, zweimal nachmittags und einmal abends; nicht immer, um sich einen Grappa zu genehmigen, sondern manchmal auch, um einen Cappuccino oder einen Magenbitter zu trinken. Es war eine dieser trostlosen Bars der modernen Wohlstandsgesellschaft, mit Flipper, Jukebox, Fernseher und einem Radio, das ununterbrochen dudelte, wenn der Fernseher gerade mal nicht eingeschaltet war. Es gab einen kleinen Nebenraum mit grün belegten Tischen zum Kartenspielen und einen

Tresen mit einer großen Kühlvitrine, in der Schinken, Salamis und halbe Käse lagen, flankiert von einer unendlichen Schar von Plastikschälchen mit Sardellen, eingelegten Artischockenherzen und Kapern. Außerdem gab es einen kleinen Pizzaofen. An der anderen Seite des Tresens lagen verschiedene Kuchenstücke und in Plastikfolie verpackte Fladenbrote aus. Dort erhob sich auch eine kunstvolle Konstruktion aus Bonbons und Kaugummis in unendlich vielen Geschmacksrichtungen – einige sogar mit Vitamin C gegen Grippe –, die an den Glaspalast der Vereinten Nationen erinnerte.

„Ist Michelone da?", erkundigte sich Amanzio Berzaghi, als er an die Theke trat.

Der Barbesitzer, der gerade dabei war, sich im Spiegel hinter den ausgestellten Flaschen zu betrachten, und ihm also den Rücken zuwandte, spiegelte sich seelenruhig weiter – vielleicht war es ja ein Pickel, der ihn so brennend interessierte, oder ein störendes Haar oder ein Leberfleck – und sagte freundlich:

„*Buongiorno,* Signor Berzaghi." Mit offensichtlicher Mühe drehte er sich schließlich um. „Nein, der ist nicht da."

„Hat er heute frei?"

Der Barbesitzer lächelte säuerlich. „Der hat frei, sooft er will, und kommt, wann es ihm passt. Aber rausschmeißen kann ich ihn nicht, denn die anderen sind eher noch schlimmer." Trotz seiner Bitterkeit hatte er das Flair eines grundgütigen, anständigen Mannes. „Einen Grappa, Signor Berzaghi?"

„Ja." Er kippte den Schnaps in einem Zug hinunter und legte einen Schein neben die Kasse. Während er sein Wechselgeld in Empfang nahm, fragte er: „Kommt er heute Nachmittag?"

„Woher soll ich das wissen?", fragte der Barbesitzer. „Der kommt doch nur, wenn er sich gerade inspiriert fühlt. Bloß, dass es eine Heidenarbeit wäre, sich einen Ersatz zu suchen." Er goss sich jetzt auch selbst einen Grappa ein. „Wollen Sie etwas mit ihm besprechen?"

„Ja", antwortete Amanzio Berzaghi, „aber dringend ist es nicht."

Er trat auf die Straße hinaus. Er humpelte stark, und plötzlich fiel ihm auf, dass er den Weg zur Via Ferrante Aporti 86 eingeschlagen hatte. Unter einem Himmel, der sich inzwischen bleigrau bezogen hatte, kam er schließlich dort an und setzte sich einen Moment erschöpft auf eine Bank der tristen Grünanlage, in deren Beeten kein einziger grüner Halm wuchs. Die Anlage grenzte rechts an den Hauptbahnhof, der sie fast zu ersticken drohte, und wurde umflutet von vier Straßen, auf denen ein chaotischer Verkehr röhrte – Postautos, neurotische Taxis, riesige Lastkraftwagen aus fremden Städten. Er wusste, dass er nicht in die Via Ferrante Aporti 86 gehen durfte, doch sobald er ein bisschen verschnauft und der Schmerz in seinem Knie ein wenig nachgelassen hatte, stand er auf und bog in ebendiese Straße ein.

Nachdem er das Postamt hinter sich gelassen hatte, begann er darüber nachzudenken, wann und wie ihm wohl dieser Brief unter der Tür hindurchgesteckt worden war. Schließlich war er ein nachdenklicher Mailänder und ging den Dingen gern auf den Grund. Am Vorabend war er gegen elf Uhr aus dem Haus gegangen, um einen Grappa zu trinken und die Tagesschau zu sehen – die einzige Sendung, die ihn überhaupt interessierte –, da hatte der Brief noch nicht in seinem Flur gelegen. Die Haustür war um diese Zeit jedoch normalerweise verschlossen. Gegen eins war er heimgekommen und hatte den Brief vorgefunden. Das hieß also, dass der Umschlag von jemandem unter seiner Wohnungstür durchgesteckt worden war, der den Haustürschlüssel besaß, also vielleicht von einem Mitbewohner. Oder hatte der Betreffende vielleicht auf der Straße gewartet, bis jemand anderes das Haus betrat, um hinter ihm hineinzuschlüpfen? Er grübelte eine Weile, fragte sich dann aber, inwieweit dieses Problem für ihn überhaupt relevant war. Wer ihm diesen Brief gebracht hatte und wie er das angestellt hatte, war doch im Grunde egal!

Als er an der roten Ampel wartete, überlief ihn auf einmal ein kalter Schauer – nicht, weil es kühl gewesen wäre, sondern wegen des Bildes, das plötzlich in ihm, hinter seinen Augen, aufgestiegen war, das Bild seines Töchterchens, wie es verkohlt auf dem Marmortisch des Leichenschauhauses lag, ein Bild, das ihn mit sadistischer Erbarmungslosigkeit mehrmals täglich quälte, und auch mehrmals in der Nacht; ein Bild, das er einfach nicht mehr loswurde.

Die Ampel sprang auf Grün. Er überquerte die Kreuzung mit diesem kalten Schauer in seinem Innern, doch verging der, sobald er in der Via Ferrante Aporti vor dem Haus Nummer 86 stand. Da wurde sein Körper plötzlich ganz steif, als steckte ein silbernes Schwert in seinem Rumpf, das ihn hart und unerbittlich machte.

„Signorina Concetta Giarzone", sagte er mit lombardischer Freundlichkeit zum Portier, trotz des silbernen Schwerts in seinem Körper.

War es vielleicht der Begriff „Signorina", der einen Anflug von Lächeln auf das Gesicht des Hauswarts zauberte? „Siebter Stock." Dann fügte er sadistisch hinzu: „Der Aufzug ist leider defekt."

„Macht nichts", entgegnete Amanzio Berzaghi sanft. Er wäre sogar das Empire State Building zu Fuß hinaufgestiegen, gestützt von der schmerzhaften, verzweifelten Härte, die er in sich spürte!

Stock um Stock erklomm er das Treppenhaus dieses relativ neuen und doch bereits stinkenden Gebäudes, dessen Fenster auf den Hauptbahnhof mit seinem verrückten Gewirr von Gleisen und vorbeizuckenden Zügen hinausgingen. Bei den letzten drei Stockwerken ruhte er sich immer auch auf halber Treppe aus, und so gelangte er schließlich in den siebten Stock, wo es nur eine einzige Tür gab, ohne Namensschild. Bevor er klingelte, verschnaufte er noch einmal gründlich, und erst als sein Atem ganz ruhig ging, legte er den Zeigefinger auf den schmutzig weißen Knopf und drückte. Deutlich vernahm er das Schrillen der Klingel.

FÜNFTER TEIL

Die Verbrecher von heute haben jegliches Schamgefühl verloren. Seelenruhig sitzen sie mit ihren Huren im Restaurant, mitten zwischen ganz normalen Leuten, plaudern mit ihren Freunden und erzählen ohne jede Hemmung, dass sie am nächsten Morgen ihre Mutter umbringen werden – und führen ihren Plan dann auch tatsächlich aus. Und die Leute, die das Gespräch zufällig mit angehört haben, tun so, als hätten sie nichts mitbekommen.

1

Stopp, hier muss es irgendwo sein“, sagte Duca.

Livia, die wie immer am Steuer saß, bremste sanft. Auf dem Rücksitz saßen Mascaranti und der junge Mann mit der olivgrünen Jacke, der heute allerdings einen braunen, pelzbesetzten Mantel trug.

„Ja, hier war es“, bestätigte Mascaranti, „ungefähr hundert Meter nach der Tankstelle.“

Zu dritt stiegen sie aus – nur der junge Mann blieb sitzen – und standen nun in der frühen Dämmerung dieses Samstagnachmittags auf der Landstraße Mailand–Lodi. Es wurde immer grauer und dunkler, sodass es schien, als sei Nebel aufgekommen, obwohl die Luft noch immer klar war.

„Ungefähr hier war es“, wiederholte Mascaranti. Er meinte den Ort, an dem Donatella Berzaghi verbrannt aufgefunden worden war. Ungefähr dort, vielleicht ein paar Meter weiter in diese oder jene Richtung.

Duca betrachtete die endlose, flache Ebene, deren Grün angesichts des bevorstehenden Winters schon vor sich hin moderte. Er sah auf die Straße, auf das schmutzig schwarze Band, das die schmutzig grüne Ebene durchschnitt, und stieg wieder ins Auto. Wieso hatte er bloß diesen touristisch angehauchten Friedhofsausflug unternommen? Der Ort, an dem Donatella Berzaghi ermordet worden war, hatte doch eigentlich nicht die geringste Bedeutung. Was Bedeutung hatte, war, ihre Mörder zu finden, und diesem Ziel waren sie jetzt vielleicht ganz nah.

„Schnell nach Lodi“, sagte er zu Livia, die flott anfuhr.

Sie hatten noch einmal ganz von vorn anfangen müssen. Mit Livia am Steuer, dem jungen Zuhälter als Führer und Mascaranti im Schlepptau hatte Duca die ganze Mailänder Rotlichtszene durchkämmt, Quadratmillimeter um Quadratmillimeter. Stets hatte er sein etwas eigenartiges Phantombild dabeigehabt, diese Skizze des Zuhälters, den der fesche junge Süditaliener in der Pizzeria Billie Joe getroffen hatte, und hatte sie all den armen Frauen und ihren sadistischen Ausbeutern gezeigt; doch die Antwort war immer dieselbe gewesen, monoton und enttäuschend: Nein, nein, nein, nein. Wochenlang. Doch dann, eines Tages, hatte sich eine neunzehnjährige Turinerin in einem dieser gastlichen Apartments ihre Brille auf die Nase gesetzt, um das Phantombild eingehender studieren zu können, hatte beim Vorbeugen ihren riesigen Busen auf die in Wirklichkeit ziemlich schematische Skizze, Format zwanzig mal dreißig, gelegt und ihre Brille mehrmals verschoben, um schärfer sehen zu können. „Viel ist hier ja nicht zu erkennen", hatte sie schließlich in einem warmen Piemontesisch gesagt, „aber diesen Sommer war ich in Lodi mit einem Typ wie diesem hier: gerader Mund, daran erinnere ich mich noch genau, und über den Augen zusammengewachsene Augenbrauen. Es war ein *Terrone.*" Mascaranti, der ja auch ein *Terrone* war, schwieg.

„Wo warst du denn mit ihm in Lodi?", wollte Duca wissen.

„Bei einem Cousin von ihm, der hat ein Restaurant und ein paar Zimmer an der großen Straße. Ob es wirklich sein Cousin war, weiß ich nicht, heutzutage werden ja alle grundsätzlich als Cousins und Cousinen ausgegeben." Das Mädchen nahm seinen Busen von dem Phantombild, richtete sich auf, nahm die Brille ab, und ihr Lächeln verriet die typische Turiner Schläue.

„Und wieso hat er dich zu diesem Cousin nach Lodi mitgenommen?", hatte Duca gefragt. Es gab doch Betten genug in Mailand, da brauchte man eigentlich nicht extra nach Lodi zu fahren!

„Er sagte, er müsse mit diesem Cousin etwas Geschäftliches bereden“, antwortete die Piemontesin. „Und dass wir fein essen würden, ganz umsonst, denn sein Cousin sei ein hervorragender Koch. Und dass wir den Rest dann im schönsten Zimmer der Pension besorgen würden.“

Eigentlich war es eine kläglich vage Spur gewesen: eine Frau, die beim Anblick dieses lächerlichen Phantombilds fand, es ähnle einem jungen Mann, der sie Monate zuvor mit nach Lodi genommen hatte, zu seinem Cousin, in dessen kleine Pension an der großen Straße, um dort fürstlich zu essen und dann aufs Zimmer zu gehen und dort den Rest zu erledigen.

Aber Ducas fescher Jüngling, der ja auch dabei gewesen war, sein Cicerone der Prostitution, hatte plötzlich gesagt: „Stimmt, da fällt mir was ein: Dieser Typ aus dem Billie Joe hat mir gesagt, er habe einen Cousin in Lodi mit einer Pension …“

Duca war regelrecht explodiert, Mascaranti hatte ihn zurückhalten müssen, damit er nicht handgreiflich wurde. „Warum hast du mir das nicht schon vor einem Monat gesagt, du alter Sack?“, hatte er gebrüllt.

„Ich hatte es vergessen.“

Diese alten Nichtsnutze – Ausbeuter, Schlappschwänze, ohne Ehre im Leib, ohne Mumm in den Knochen und offenbar auch ohne Gedächtnis im Kopf. Duca überlegte, dass er einen ganzen Monat gespart hätte, wenn dieser Abschaum von Lude sich an ein kleines, aber wichtiges Detail erinnert hätte, nämlich dass der Cousin des Typs, den sie suchten, eine Pension in Lodi an der großen Straße hatte.

„Fahr bitte etwas langsamer“, bat er Livia freundlich.

Doch jetzt kamen sie der Lösung des Falls endlich näher. Gegen den erdigen, von nächtlicher Tinte gefärbten Himmel waren die Lichter von Lodi bereits auszumachen. Dank der sorgfältigen Beschreibung der gewissenhaften Piemontesin hatten sie keine Schwierigkeiten, die Pension mit dem Restaurant zu finden, die kurz vor der Stadt in einer sanften Einbuchtung der Straße lag, hell erleuchtet von einer bunten, an Weihnachten erinnernden Lichterkette, die an einer Reihe mickriger, erst vor Kurzem gepflanzter Bäumchen angebracht war.

Livia hielt auf dem mit einem Strohdach überdeckten Parkplatz, und alle vier stiegen aus.

„Mascaranti, du bleibst draußen und behältst die Türen im Auge", wies Duca ihn an.

„Ich werde es versuchen", antwortete Mascaranti schmunzelnd und befühlte mit leichter Befriedigung die Ausbeulung seiner Jacke, wo er den Revolver trug. Sollten sie doch versuchen, aus diesem netten, kleinen Hotel zu fliehen! Ihm wäre es nur recht gewesen – sehr recht sogar!

Duca, Livia und der junge Mann traten ein. Gleich hinter der Tür befand sich die Bar. Keine Menschenseele war zu sehen, und sie hatten das deutliche Gefühl, dass dieses kleine Haus in der feuchten, grünen Ebene von Lodi vollkommen leer war, auch wenn zahlreiche Lichter brannten.

Links hinter einem Bogen war der Speisesaal zu sehen, in dem alle Tische hübsch gedeckt waren und die Gläser melancholisch im leisen Dämmerlicht funkelten. Rechts ging es durch einen anderen Bogen in einen Raum, in dem offenbar die Rezeption des Hotels untergebracht war. In einer Nische hinter einem niedrigen Tresen, der auch als Schreibtisch fungierte, saß ein Mann, der sich bei ihrem Eintreten gleich erhob und ihnen mit einem mühsamen Lächeln entgegenkam.

Der Mann war klein und hatte sehr dunkle, von weißen Strähnen durchzogene Haare. Er war schmal gebaut, hatte aber eine Nase mit weit geöffneten Nasenflügeln und trug eine große, runde Brille, hinter der auffallend intelligente, aber gleichzeitig auch müde, traurige Augen zu erkennen waren.

„Ich würde gerne mit dem Besitzer dieses Hotels sprechen. Polizei", erklärte Duca und zeigte seine Dienstmarke.

„Das bin ich", antwortete der kleine Mann und musterte sie aufmerksam und doch müde durch seine große Brille. „Wünschen Sie das Register und die Zimmer zu sehen? Ich habe momentan keine Gäste." Seine Sprache war korrekt, ja fast gewählt.

„Nein", erwiderte Duca. „Wir suchen jemanden. Uns wurde gesagt, Sie hätten einen Cousin, der ungefähr so aussieht." Er wandte sich an Livia. „Zeig ihm mal die Zeichnung."

Livia streckte dem kleinen Mann das Phantombild entgegen.

Sein Gesicht verkrampfte sich an mehreren Stellen, als werde seine Haut von innen zusammengezogen, und dann sagte er etwas vollkommen Unerwartetes, jetzt in einem stark süditalienischen Akzent: „Wie gut, dass Sie gekommen sind – endlich kann ich wieder ruhig schlafen!"

Ein wenig verblüfft von dieser Antwort, zögerte Duca einen Moment; dann zeigte er auf die Bar und sagte: „Setzen wir uns."

2

„Wer ist das?", fragte Duca und zeigte auf das Phantombild, das Livia auf einen Stuhl vor sich hingestellt hatte. Sie hatten alle vier auf zwei Sofas der Bar Platz genommen und saßen nun um einen kleinen Tisch herum. In dem Raum herrschte Grabesstille. Außer dem kleinen Mann schien sich tatsächlich niemand in dem Hotel zu befinden. Duca hatte geglaubt, hartnäckig gegen das übliche „Nein, ich weiß von nichts, ich habe nichts gesehen, das ist nicht wahr" angehen zu müssen; stattdessen spürte er, dass das Tor der Wahrheit dabei war, sich ganz von allein weit zu öffnen.

„Mein Cousin", antwortete der Mann mit den schwarzen, von weißen Fäden durchzogenen Haaren ruhig.

Duca stellte fest, dass er dem Gesicht seines Phantombilds bei genauerer Betrachtung tatsächlich ziemlich ähnelte. Er bat Livia freundlich: „Geh zu Mascaranti und sag ihm, er soll sich zu uns setzen." Es war wirklich nicht nötig, dass Mascaranti draußen Wache stand. „Ich würde gern etwas trinken – einen Schluck Weißwein, wenn's geht", wandte er sich dann an den Hotelbesitzer.

„Natürlich", antwortete der und stand auf.

Livia kam mit Mascaranti zurück. Zwei nicht enden wollende Minuten lang saßen sie alle fünf schweigend da – Duca und Livia, Mascaranti, der Hotelbesitzer und der Cicerone und Zuhälter – und tranken. Dann bedeutete Duca Mascaranti, sich Notizen zu machen. Der Weißwein war sehr gut und schmeckte nicht im Geringsten nach Korken. „Wie heißt Ihr Cousin?"

„Wie ich", antwortete der kleine Mann und stellte sein Glas auf das Tischchen, denn auch er hatte gierig von dem guten Wein getrunken.

„Und zwar?"

„Franco Baronia. Bei Cousins kann das schon mal vorkommen – und bei uns ist das leider auch der Fall." Dann fügte er hinzu: „Er ist Franco Baronia, Sohn von Rodolfo, ich Franco Baronia, Sohn von Salvatore."

Der Unterschied schien ihm wichtig zu sein. Während Mascaranti mitschrieb, fragte Duca weiter: „In was für einem Verhältnis stehen Sie zu Ihrem Cousin?"

„In einem Verhältnis der Übergriffe und Gewalt", erwiderte sein Gegenüber entschieden.

„Was meinen Sie damit?"

„Tja, dazu muss ich vielleicht etwas weiter ausholen. Ich bin vor vierzehn Jahren nach Norditalien gekommen. Anfangs habe ich in Armut gelebt und Hunger gelitten, doch nach einer Weile ging es allmählich aufwärts, denn Mailand ist eine großzügige Stadt. Ich konnte ein bisschen Geld auf die Seite legen, und vor fünf Jahren habe ich dann dieses Hotel eröffnet. Seit die Autostrada del Sole für den Verkehr freigegeben wurde, ist hier zwar etwas weniger los, aber das Geschäft läuft trotzdem noch ganz passabel. Doch dann ..."

Duca drängte ihn nicht weiterzusprechen, sondern ließ ihn in Ruhe überlegen. Nach einer Weile fuhr sein Gegenüber fort: „Doch dann kam dieses segensreiche Geschenk aus dem Süden: mein Cousin. Ich wusste, dass er ein Halunke war, und hatte ihn immer tunlichst auf Abstand gehalten. Aber als er dann halb verhungert bei mir auftauchte, mit zerrissenen Kleidern und stinkend vor Dreck, während ich dieses hübsche Hotel hatte – Sie wissen ja, wie wir Südländer sind: Verwandte sind Verwandte –, da habe ich ihn hierbehalten, neu eingekleidet und ihm Arbeit gegeben. Was hätte ich denn tun sollen? Er war schließlich mein Cousin, hat sogar denselben Namen wie ich. Leider ging es nicht gut. Als Kellner belästigte er die Frauen, war ungehobelt und grob. In der Küche wollte er nicht helfen – er meinte, ihm werde übel dort! Putzen wollte er auch nicht, das war unter seiner Würde. Er stahl mir Geld aus der Kasse und holte sich immer wieder Flaschen aus meiner Kantine und aus der Bar. Das hätte ich ja alles noch hinnehmen können, doch es kam noch viel schlimmer: Hinter meinem Rücken vergab er meine Zimmer an Liebespaare, kassierte das Geld persönlich ab und schrieb sie natürlich auch nicht ins Register. Wären die Carabinieri zu einer Routinekontrolle gekommen, hätte ich schließen müssen. Als ich das merkte, habe ich ihn rausgeworfen. Ich wundere mich bis heute, dass er damals nicht protestiert hat, und habe zwei Jahre lang nichts mehr von ihm gehört. Dann tauchte er plötzlich mit zwei Frauen und einem Freund auf. Ich musste sie verköstigen, alle vier, und danach verlangten sie auch noch nach einem Zimmer. Alles wollten sie gratis. Das Einzige, was ich durchsetzen konnte, war, dass sie mir ihre Papiere gaben, denn sonst bekommt bei mir niemand ein Zimmer. Wenn ich ihnen gratis zu essen und die Zimmer gab, händigte er mir ohne zu mucken ihre Papiere aus, die der Mädchen und auch die seiner Freunde. Immer wieder kam er an, mal allein mit einer Frau, ein anderes Mal mit zwei, drei oder sogar vier Pärchen im Schlepptau. Sie aßen und tranken mir regelmäßig die Vorratsschränke leer, und dann ging in den Zimmern die Post ab. Einmal habe ich ihm gesagt, er solle nie wieder kommen, sonst würde ich die Polizei rufen. Da meinte er, dann würde er mir das Hotel anzünden. Ich bin natürlich versichert, aber wissen Sie, mir ist es schon lieber, wenn mein Hotel nicht abbrennt, und mein Cousin wäre ohne Weiteres in der Lage gewesen, es anzuzünden. Wahrscheinlich hätte ihm das sogar richtig Spaß gemacht! Also habe ich klein beigegeben. Seine Essen und Feste haben mich Unsummen gekostet. Aber wenigstens ist mein Hotel nicht in Flammen aufgegangen. Deshalb war meine Antwort auf Ihre Frage, in was für einem Verhältnis wir zueinander stehen: in einem Verhältnis der Übergriffe und der Gewalt."

Er stand auf, denn soeben war ein junges Paar eingetreten, sie mit einem hellen, ja fast blonden Kunstpelz, er mit einer ebenfalls blonden, mit Schaffell besetzten Kunstlederjacke. „Tut mir leid, mein Herr, heute haben wir geschlossen", sagte er freundlich zu dem jungen Mann. „Wir ziehen um."

„Geschlossen?" Der junge Mann war schwer enttäuscht und das Mädchen offensichtlich sauer auf ihren Freund.

„Ja, Signore, es tut mir wirklich sehr leid." Das Pärchen ging wieder, und Franco Baronia, Sohn von Salvatore, schloss die Tür hinter ihnen ab. Dann ging er auch die andere Tür abschließen und kam schließlich wieder zurück an das Tischchen, an dem Duca und die anderen saßen. „Entschuldigen Sie", meinte er kurz und schenkte sich noch einen Schluck Wein ein.

„Circa zehn Kilometer von hier", begann Duca, „wurde vor einiger Zeit ein Mädchen aufgefunden, das bei lebendigem Leibe verbrannt worden war. Sie war ungewöhnlich groß, fast zwei Meter, und wog knapp zwei Zentner. Man hat sie lebendig unter einem Haufen Gestrüpp vergraben und ihn dann angezündet. Das Mädchen hieß Donatella Berzaghi. Aus unseren Ermittlungen geht hervor", Ducas Stimme klang bürokratisch durch die verlassene Stille des Hotels, das in der einsamen Ebene von Lodi lag, „aus unseren Ermittlungen geht hervor, dass Sie vielleicht etwas über diesen Fall wissen."

„Ja, ich weiß etwas." Franco Baronia – Sohn des Salvatore, nicht des Rodolfo – fügte hinzu: „Vielleicht sogar alles."

Duca schauderte, als bekäme er Fieber. Dies war wirklich ein ungewöhnliches Verhör! Normalerweise muss man den Verhörten stundenlang unter Druck setzen, um schließlich ein winziges Eingeständnis aus ihm herauszuquetschen. Dieser kleine

Mann hingegen hatte gesagt, und zwar sofort und völlig spontan, er wisse etwas, vielleicht sogar alles.

„Können Sie das genauer erklären?“, fragte Duca.

„Natürlich. Eines Abends erschien mein Cousin mit zwei Frauen und zwei Freunden. Eine der beiden Frauen war sehr groß, ich denke, an die zwei Meter, und sie wog bestimmt sehr viel.“ Der Mann sprach mit schicksalsergebener Verzweiflung, wie ein Krebskranker, der weiß, dass er sterben wird. „Mein Cousin war immer mit allen möglichen Frauen angekommen, und ich hatte längst begriffen, was das für einer war – schwer war das ja nicht. Das Einzige, worauf ich stets bestand, war, dass er mir ihre Papiere gab. Sollte er doch machen, was er wollte, meinetwegen auch den Zuhälter, das konnte ich sowieso nicht verhindern. Aber die Leute, die in meinem Hotel übernachten, müssen ihre Papiere abgeben! Und so ließ ich mir auch damals ihre Ausweise geben, von allen. Das große Mädchen tat mir leid, sie mussten sie auf beiden Seiten stützen, irgendwie wirkte sie betäubt und vollkommen fertig. Die andere war eine Hure, die ich bereits kannte, denn mein Cousin hatte sie schon mehrmals mitgebracht.“

Keiner lächelte – das war auch nicht möglich, wenn man das Gesicht dieses Mannes sah, das immer stärker verfiel, je mehr er sich von seiner bitteren, qualvollen Last befreite. Duca warf ein: „Wenn Sie ihre Papiere eingefordert haben, dann wissen Sie also, wer diese Personen waren, die an jenem Abend zu Ihnen gekommen sind! Können Sie mir das sagen?“

„Sofort. Wir haben ja die Abschnitte des Blocks, auf dem wir die Personalien unserer Gäste notieren. Die kann ich Ihnen gleich zeigen.“ Franco Baronia stand auf, ging in die Büronische und kramte ein wenig in einem Regal.

„Könnte ich einen Schluck Whisky haben?“, fragte der junge Cicerone. „Ich mag nämlich keinen Weißwein.“

„Nein“, antwortete Duca hart. Jetzt wollte der auch noch Whisky!

„Ach, lass ihn doch", entgegnete Livia. „Es geht ihm nicht gut, das sieht man doch. Er ist leichenblass."

„Wieso sollte es ihm denn nicht gut gehen? Was hat er denn?", fragte Duca spitz.

„Seit einem Monat ist er in deinen Klauen", antwortete Livia bestimmt. „Du hast ja keine Ahnung, was das heißt." Sie stellte sich eine Maus in den Klauen einer Katze vor, die einen Monat lang mit ihr spielt.

„Na gut, geh dir einen Whisky holen", lenkte Duca ein. Dann sagte er zu Livia: „Ich habe nicht damit gerechnet, dass du so viel Verständnis für einen Luden aufbringen könntest!"

Mascaranti hustete, um sich das Lachen zu verkneifen.

Nachdem der ehrliche Hotelbesitzer lange in den Regalen seiner Nische gekramt hatte, kam er schließlich zu ihnen zurück und hielt Duca einen großen Block hin, der nur noch aus den Kontrollabschnitten bestand.

„Hier, sehen Sie? Von Nummer 29|665 bis Nummer 29|668 stehen die Namen der vier Personen, die an dem Abend hier waren."

Duca nahm den Block und las. „Schreib", sagte er zu Mascaranti. „Donatella Berzaghi." Auf dem Block standen auch die Nummer ihres Personalausweises und ihre Personalien, aber die brauchte er nicht.

„Donatella Berzaghi", wiederholte Mascaranti, während er sich den Namen notierte.

„Franco Baronia", las Duca weiter und fügte hinzu: „Sohn des Rodolfo", um diesen Unmenschen von dem Gentleman abzugrenzen, der gerade vor ihm saß.

„Franco Baronia, Sohn des Rodolfo", wiederholte Mascaranti.

„Concetta Giarzone", fuhr Duca fort.

„Concetta Giarzone", echote Mascaranti, während er schrieb.

„Michelone Sarosi."

„Michelone Sarosi", notierte sich Mascaranti.

„Was geschah an jenem Abend?“, wollte Duca wissen.

Und der kleine Mann erzählte. „Sie kamen ganz plötzlich herein, zu viert. Mein Cousin verlangte nach einem Zimmer. Das Restaurant war voller Leute, und natürlich zog das große, schöne Mädchen gleich alle Blicke auf sich, auch weil sie offenbar im Stehen schlief und es so aussah, als ginge es ihr nicht gut. Um einen Skandal zu vermeiden, gab ich ihnen sofort ein Zimmer, ließ mir aber von allen die Papiere aushändigen. Nach Mitternacht wurde es allmählich leer, und mithilfe des Kellners, der auch mein Barmann ist, räumte ich hier unten auf. Als auch er gegangen war, hörte ich auf einmal Schreie. Es war eine Frauenstimme. Sie schrie herzzerreißend: ‚Papa! Papa! Papa!‘“

Duca streckte Mascaranti die Hand entgegen in der Hoffnung auf den Trost einer Zigarette. Er bekam sie, und der schmächtige Zuhälter an seiner Seite gab ihm Feuer. Zum zweiten Mal hörte er nun von einer Frauenstimme, die verzweifelt „Papa! Papa! Papa!“ rief.

„Ich rannte sofort nach oben“, fuhr der kleine Gentleman fort, den seine Erinnerung sichtlich außer Fassung gebracht hatte. „Ich klopfte an die Tür der vier zwielichtigen Gestalten, denn andere Gäste hatte ich an jenem Abend nicht, und hörte die verzweifelte Stimme, die ‚Papa! Papa! Papa!‘ rief, jetzt noch viel lauter. Mein Cousin kam an die Tür und sagte, ich solle mich um meine eigenen Angelegenheiten kümmern. Aber ich hatte inzwischen kapiert, was da los war, und sagte ihm, er solle sofort verschwinden, sonst würde ich die Polizei rufen.“

„Was meinen Sie denn, was da los war?“, fragte Duca.

„Das war nicht schwer zu verstehen: Sie hatten dieses arme Mädchen verführt, sie dazu gebracht, von zu Hause wegzulaufen, und nun stopften sie sie mit Alkohol und Drogen voll und prostituierten sie. Hin und wieder aber kam der Ärmsten wahrscheinlich ihre Familie in den Sinn, vor allem der Vater, und dann bekam sie eine Krise und rief nach ihm.“

Eine perfekte Beschreibung der Lage. „Fahren Sie fort“, forderte Duca ihn auf.

„Mein Cousin meinte, wenn ich die Polizei riefe, würde er mich zusammenschlagen und hinterher das Hotel anzünden. Ich kannte diese Drohung ja nun schon seit Jahren, aber diesmal ließ ich mich nicht einschüchtern. Ich sagte ihm, sie hätten genau fünf Minuten Zeit, um zu verschwinden, danach würde ich die Polizei rufen. Dann lief ich nach unten und stellte mich neben das Telefon, bereit, die Nummer zu wählen, und sollte es mich das Leben kosten. Mein Cousin begriff, dass ich es ernst meinte, und kam mit dem Mädchen und den beiden anderen herunter. Sie mussten sie zu dritt festhalten, groß wie sie war. Nicht einmal mehr gehen konnte sie, und so schleiften sie sie hinter sich her, wobei sie weiterhin nach ihrem Papa rief, wenn auch inzwischen mit fast erstorbener Stimme. Dann packten sie sie ins Auto und fuhren davon.“ Franco Baronia hob den Kopf, den er die ganze Zeit über gesenkt gehalten hatte. „Zwei Tage später habe ich in der Zeitung gelesen, dass circa fünfzehn Kilometer von hier eine Frau – in der Zeitung stand: eine Riesin – in einem Haufen Gestrüpp verbrannt aufgefunden worden war. Es konnte sich nur um das Mädchen handeln, das sie hierhergeschleppt hatten. Sie hatten sie einfach verbrannt …“

„Warum haben Sie nicht die Polizei benachrichtigt, wenn Sie das alles wussten?“, fragte Duca.

Der kleine Gentleman blickte ihm in die Augen. „Weil ich im Grunde genauso schlimm bin wie mein Cousin – wenn auch auf eine andere Art“, antwortete er. „Ich prostituiere niemanden und bringe auch niemanden um, wie er; aber ich versuche, mich über Wasser zu halten. Ich habe eine Frau und vier Kinder in Catania. Um dieses Hotel aufzubauen, habe ich jahrelang hart gearbeitet. Wenn ich die Polizei benachrichtigt hätte, wäre das alles zusammengebrochen. Deswegen war ich so unanständig, den Mund zu halten. Wenn die Polizei mich finden würde, dachte ich, na gut; wenn nicht, umso besser. Ich weiß, so denken nur Halunken – aber ich bin eben der Cousin meines Cousins: Das Blut lässt sich nicht verleugnen."

Duca stand auf. Er trat hinter den Tresen der Bar und ließ seinen Blick über die Flaschen gleiten. Er wählte einen Magenbitter, goss sich in der eisigen Stille ein wenig davon in ein Glas, fügte ein wenig Selters hinzu, trank und sagte dann im Stehen zu Franco Baronia: „Wir müssen die Mörder dieses Mädchens so schnell wie möglich finden. Können Sie uns irgendwie weiterhelfen? Wo können wir sie schnappen? Wo sollen wir nach ihnen suchen?"

„Das kann ich Ihnen sagen", antwortete der kleine, unerbittlich ehrliche Mann. „Mein Cousin wohnt in Mailand bei einer Freundin, Concettina …"

„Concetta Giarzone", präzisierte Mascaranti, in dem Block mit seinen Aufzeichnungen blätternd.

„Ja, Concetta Giarzone, Via Ferrante Aporti 86", bestätigte Franco Baronia.

Hinter dem Tresen, nach einem weiteren Schluck Magenbitter, fragte Duca: „Wieso kennen Sie die Adresse dieser Frau so genau?"

Der kleine Mann antwortete, ohne zu zögern: „Weil mein Cousin und seine Freunde und Freundinnen für ihr Leben gern Käse aus Lodi essen – vielleicht haben Sie davon ja schon mal gehört?" Duca nickte: Ja, das war ein parmesanähnlicher Hartkäse mit einem weichen Kern. „Nicht nur, wenn sie hier waren, aßen sie pfundweise davon, sondern mein Cousin erwartete auch, dass ich ihm den Käse nach Mailand schickte, in die Wohnung seiner Freundin. Ab und zu musste ich ihm also ein Paket packen, sonst gab es Ärger. Empfänger des Käses war immer Concetta Giarzone, Mailand, Via Ferrante Aporti 86. Ich weiß die Adresse auswendig, denn die unbändige Wut, mit der ich diese Pakete abschickte, werde ich bis zum Jüngsten Tag nicht vergessen."

„Kennen Sie auch die Adressen von den anderen beiden?", erkundigte sich Duca und kam hinter dem Tresen hervor.

„Nein, ihre Adressen kenne ich nicht; aber die drei hocken immer in der Wohnung von Concettina", antwortete der sanfte Gentleman. „Da frönen sie ihrem Laster. Wissen Sie, Leute von ihrem Schlag reden viel – viel zu viel! Wenn sie hier waren, bekam ich regelmäßig mit, was für Dinger sie gerade drehten oder noch zu drehen gedachten. Es gibt einfach keine Scham mehr heutzutage, keine Angst. Die würden sogar im Restaurant beim Essen lauthals verkünden, dass sie vorhaben, am nächsten Morgen ihre Mutter abzuschlachten. Ich brauchte nur drei Sekunden an ihren Tisch zu treten, schon wusste ich, was sie wieder im Schilde führten. Es ging immer um Mädchen und was sie mit ihnen anstellten. Fahren Sie ruhig in die Via Ferrante Aporti 86, da werden Sie nicht nur Concettina finden, sondern auch meinen Cousin und sogar den anderen, Michelone Sarosi, einen Barmann, der in Mailand arbeitet, in einer Bar im Viale Tunisia. Concettina hält sie sich beide gleichzeitig."

„Danke", meinte Duca leise. Seltsam – dieses Verhör gehörte zu den einfachsten der gesamten Kriminalgeschichte: Der Verhörte hatte alles gesagt, und sogar noch mehr. „Warum haben Sie eigentlich kein Personal hier? Ist heute Ihr freier Tag?"

„Nein, das Hotelpersonal streikt", erwiderte der kleine Mann.

„Es tut mir leid, Signor Baronia, aber Sie müssen mit uns mitkommen."

„Das war mir klar." Er erhob sich. „Ich bin abfahrbereit, muss nur noch die Lichter ausschalten und die Rollläden herablassen."

Er strahlte eine seltene Würde aus.

Sie warteten, bis er sein Hotel geschlossen hatte, ließen ihn nach hinten ins Auto steigen, zu dem kleinen Luden und Mascaranti, und fuhren nach Mailand zurück.

Es war ein seltsamer Samstagabend im November – feucht, aber ohne Nebel.

SECHSTER TEIL

Wehe dem, der einen sanftmütigen Menschen mitten ins Herz trifft.

1

An demselben Samstag, kurz nach zehn Uhr morgens, drückte Amanzio Berzaghi den schmutzig weißen Klingelknopf einer Haustür ohne Namensschild im siebten Stock der Via Ferrante Aporti Nummer 86. Deutlich vernahm er das Schrillen der Klingel. Er war gekommen, um mit Signorina Concetta Giarzone zu sprechen.

Er wartete, doch nichts geschah. Wieder drückte er auf den Klingelknopf und wartete geduldig. Nichts. Dann klingelte er zum dritten Mal. Während sein Finger noch auf dem Knopf lag, öffnete sich die Tür. Eine Frau mit schlafverquollenem Gesicht versuchte, ihn durch ihre dicken Lider anzusehen, doch schien sie ihn nicht erkannt zu haben – jedenfalls ließ sie ihn eintreten. Sie war klein und anziehend, wenn auch früh gealtert. Ihr fein geschnittenes Kindergesicht wirkte irgendwie eingefallen wie ein halb demoliertes Haus, das an einigen Stellen abgestützt war. Einen ähnlichen Eindruck vermittelte auch ihr Körper, der von einem dermaßen durchsichtigen Morgenmantel bedeckt war, dass nichts, aber auch gar nichts der Fantasie überlassen blieb: Der schlaffe Busen und das unförmig schwabbelnde Fett des Rumpfes waren peinlich genau zu sehen.

„Entschuldigen Sie, Signora", sagte Amanzio Berzaghi und versuchte, diese nicht gerade erbauliche Durchsichtigkeit zu übersehen. Er hatte sie sofort wiedererkannt: Es war Concettina, die er häufig in der Bar gesehen hatte, wo er immer seinen Grappa trank. „Entschuldigen Sie, Signora, ich wollte Sie nicht stören …"

Allmählich tauchte sie aus ihrem schlafmittelbedingten Tiefschlaf auf, und es gelang ihr, die Augen vollends zu öffnen und ihn anzusehen. Sie war erst um fünf Uhr morgens ins Bett gegangen, wie immer, denn sie arbeitete als Garderobenfrau in einem Nachtlokal in einer Nebenstraße vom Corso Buenos Aires. Sie sah ihn an, erkannte ihn aber noch immer nicht und war sich wohl auch nicht darüber im Klaren, dass sie in ihrem durchsichtigen Morgenmantel aussah wie frisch gerupft und schlimmer als nackt. Sie merkte auch nicht, dass sie völlig zusammenhanglos „ja, ja, ja" vor sich hin brabbelte. Doch dann auf einmal erkannte sie ihn: Das war ja der Vater von Donatella, das wusste sie ganz genau! Und so löste ihr *Es*, durch das noch immer wirkende Schlafmittel freigelegt, ein völlig irrationales, instinktives Verhalten in ihr aus.

„Ich war es nicht! Ich habe nichts getan!", schrie sie heiser und rannte durch den kurzen Flur, wobei ihr großer, unter dem Morgenmantel schonungslos sichtbarer Hintern widerlich schwabbelte.

Trotz der Behinderung an seinem Bein war Amanzio Berzaghi im Handumdrehen hinter ihr, denn er wollte verhindern, dass auf ihr Schreien Hilfe herbeikam. Mit der rechten Hand ergriff er ihren Haarschopf, und mit der Linken hielt er ihr den Mund zu. Es war kein langes Verhör nötig gewesen, um die Wahrheit zu erfahren: Die Hyäne hatte sich selbst verraten!

„Warum sagst du, du hast es nicht getan?", fragte Amanzio Berzaghi. „Und überhaupt – *was* hast du nicht getan?"

Die Frau, die bereits über vierzig sein musste und sich in all diesen Jahren offenbar intensiv ausgelebt hatte, sah dem Alten in sein struppiges Gesicht. Unter seiner Hand, deren Rücken dicht bewachsen war mit langen, grauschwarzen Haaren, bekam sie kaum Luft, und so blickte sie ihn angstvoll, aber auch mit Wut in den Augen an. Sie war eine Hyäne, und es gefiel ihr gar nicht, in eine Falle geraten zu sein! Aber sie war auch eine alte Hure, die genau wusste, wohin man Männer treten muss, und so holte sie aus und stieß ihr Knie so heftig sie konnte in die Weichteile des Mannes, der sie umklammert hielt.

Amanzio Berzaghi schrie nicht einmal; er röchelte nur heiser und sackte zu Boden, wobei er jedoch versuchte, sich an ihrem Morgenmantel festzuhalten, sodass der mit dem zischenden Geräusch von in der Pfanne brutzelnder Butter zerriss und nur ein langes Stück Stoff in seiner Hand zurückblieb. Doch obwohl er, von dem unmenschlichen Schmerz ihres Tritts niedergestreckt, zu Boden fiel, packte er mit seiner immer noch starken, haarigen Hand ihr Bein, damit sie auf keinen Fall fliehen konnte.

Direkt neben den beiden Kämpfenden befand sich ein Türstopper. Er war rund, fast so groß wie ein Fußball, bestand aus hartem Plastik und wog bestimmt drei Kilo. Er war mit Blümchen aus vergoldetem Metall verziert und besaß einen Griff, damit man ihn von einer Tür zur anderen tragen konnte. Blitzschnell beugte Concetta sich hinab, ergriff die schwere Kugel und schlug sie Amanzio Berzaghi mit voller Wucht ins Gesicht, sodass er ihr Bein losließ, während ein Schwall Blut aus seinem linken Auge spritzte.

Einen Augenblick betrachtete Concetta Giarzone, die trotz des Schlafmittels jetzt vollkommen wach war, den Alten am Boden mit dem blutüberströmten Gesicht, dann rannte sie in ihr Schlafzimmer. Auf dem Nachttisch stand das Telefon. Sie wählte eine Nummer.

„Nein, der ist nicht da", antwortete eine Stimme.

Sie wählte eine andere Nummer.

„Nein, der ist nicht da."

Noch eine Nummer, noch ein „Nein, der ist nicht da". Vierte Nummer.

„Ja, der ist hier", vernahm sie endlich eine Stimme durch den Hörer, das Dudeln einer Jukebox im Hintergrund. „Ich geh ihn mal eben holen."

„Franco, Franco, der Vater von Donatella ist hergekommen, irgendjemand muss ihm alles gesagt haben. Ich hab ihm eine verpasst, und jetzt liegt er halb tot drüben im Flur. Ich habe furchtbare Angst, ich weiß nicht, was ich machen soll …"

Durch den Hörer drang die männliche Stimme von Franco Baronia – Sohn des Rodolfo allerdings –, der ihr entschieden befahl: „Warte auf mich, und mach ihn meinetwegen auch ganz fertig, wenn er dich stört. Ich komme sofort."

Nun legte Concettina den zerrissenen, durchsichtigen Morgenmantel ab, kleidete sich binnen weniger Sekunden an, verließ ihr Schlafzimmer – und stand unversehens vor dem Vater von Donatella, dessen linke Gesichtshälfte überströmt war von Blut, das noch immer langsam aus seinem Auge sickerte.

Sie hatte nicht einmal mehr Zeit zu erschrecken, geschweige denn zu schreien, denn schon klatschte ihr die schwere, haarige Hand von Amanzio Berzaghi mitten ins Gesicht – die Hand eines Mannes, der zwar alt war, aber immerhin jahrelang den Lastzug Mailand–Bremen gefahren hatte, mit einem Steuerrad von einem Meter Durchmesser. Von seinem hammerharten Schlag einen Meter weit gegen die Flurwand geschleudert, stieß sie einen erstickten Schrei aus und fiel mit heftig blutender Nase ohnmächtig zu Boden.

Amanzio Berzaghi beugte sich über sie, wenn auch mit Mühe, packte sie am Pferdeschwanz, denn diese alte Hure trug die Haare im Nacken zusammengebunden wie ein zwölfjähriges Mädchen, schleifte sie ins Bad, wobei er eine blutige Spur hinterließ – sein Blut, das ihm noch immer aus dem Auge tropfte, und ihr Blut, das aus der gebrochenen Nase troff –, hievte sie mit enormer Anstrengung, aber starkem, gesundem Herzen in die Badewanne und drehte das kalte Wasser auf, damit sie wieder zu sich kam.

Er betrachtete sie, die Hand zwischen den Beinen, um den wilden Schmerz in seinen Genitalien im Zaum zu halten, der ihn fast um den Verstand brachte, und wartete darauf, dass sie aus ihrer Ohnmacht aufwachte. Da lag sie in der Badewanne, in dem Wasser, das sich durch die blutende Nase allmählich leicht rosa färbte; lag dort in Mantel und Stiefeln und sogar mit der Handtasche unterm Arm, das eiskalte Wasser in der Wanne stieg höher und höher, und der kindliche Pferdeschwanz wogte in den rötlichen Wellen hin und her. Die linke Hand zwischen den Beinen, streckte Amanzio Berzaghi die rechte aus und schüttelte die Frau, als müsse er sie in dem Wasser gründlich durchspülen, und plötzlich schauderte sie heftig und öffnete die Augen.

„Mir ist kalt", sagte sie.

Das Wasser rauschte noch immer aus dem Hahn, die Wanne war erst halb voll. Amanzio Berzaghi kniete sich hin, damit sein blutüberströmtes Gesicht mit dem eingeschlagenen Auge ihrem blutüberströmten Gesicht mit der zertrümmerten Nase näher war. „Warum habt ihr sie umgebracht, ihr Schweine?" Er schüttelte sie, spülte sie in der Wanne durch und durch.

„Mir ist kalt", wiederholte sie und drückte ihre Handtasche fest an sich. Sie schauderte von Neuem und erbrach sich, da sie Unmengen von Wasser geschluckt hatte.

Mit der riesigen Hand des Lastwagenfahrers nagelte er sie auf dem Boden der Wanne fest und sah sie mit seinem rechten Auge, das im Gegensatz zum linken noch funktionierte, nicht wutschäumend, sondern eigentlich eher irr an. „Ihr habt sie mir weggenommen – na gut; ihr habt sie in eure widerlichen Bordelle geschleppt – auch noch gut. Aber warum in aller Welt habt ihr sie umgebracht, ihr Kanaillen? Was hat sie euch denn getan? Mir hätte es gereicht zu wissen, dass sie lebte. Sag mir sofort, warum ihr sie umgebracht habt, sonst ertränke ich dich auf der Stelle!" Und dann drückte er ihren Kopf unter Wasser, während aus dem geöffneten Hahn immer noch ein starker Strahl des eisigen Nasses rauschte.

Sie zappelte verzweifelt, und so ließ er ihr Gesicht wieder auftauchen.

„Mir ist furchtbar kalt!“ Sie zitterte krampfhaft. „Mir ist kalt, lass mich raus! Erbarmen!“

„Ich lass dich raus, wenn du mir sagst, warum ihr sie umgebracht habt.“

„Sie hat Ärger gemacht“, stotterte sie unter unbezwingbaren Kälteschaudern, die sie frenetisch schüttelten.

„Wie, sie hat Ärger gemacht?“, brüllte Amanzio Berzaghi und drückte die Frau mit Gewalt in das tosende Wasser der Badewanne, mitsamt Mantel und Handtasche, die sie immer noch mit fast frommer Gewissenhaftigkeit unter den Arm geklemmt hielt wie alle alten Huren, und mit ihren taubenblauen Stiefeletten aus Wildleder. „Sie hat also Ärger gemacht! Rede, oder du musst dran glauben!“

Und sie redete.

2

Ja, sie hatte Ärger gemacht.

Eigentlich war Donatella Berzaghi äußerst fügsam gewesen. Sie hatte immer zu allem „Ja" gesagt, vor allem zu den Männern. Anfangs hatten sie, Concettina, ihr Freund Franco Baronia – Sohn des Rodolfo allerdings – und ihr Zweitfreund Michelone Sarosi einen Haufen Geld mit ihr gemacht, mehr, als wenn sie eine Ölquelle gefunden hätten. Denn Donatella hatte eine Eigenart, die keine Profiprostituierte bieten kann: Es machte ihr Spaß.

Den Gedanken an die Grausamkeit dieser Zuhälter, die sich nicht geschämt hatten, eine geistig Zurückgebliebene zu prostituieren, und an die Grausamkeit der Kunden, die mit sorglosem Egoismus von dieser Situation profitiert hatten, wollte Donatellas Vater Amanzio Berzaghi jetzt lieber nicht vertiefen.

„Rede weiter, oder ich ersäuf dich auf der Stelle!", brüllte er und drückte sie erneut unter Wasser.

Und sie redete weiter, schon mit dem Tod ringend, geschwächt durch das eiskalte Wasser, das inzwischen über den Badewannenrand lief und auf den Fußboden floss, auch wenn der Alte das nicht einmal bemerkte.

Ja, sie hatte Ärger gemacht, denn ab und zu bekam sie ihre Krisen. Eigentlich ging sie begeistert auf alle Männer zu.

Durch ganz Italien schleppten sie sie, von Bordell zu Bordell, und sobald ein Mann in das Zimmer trat, in das ihre Ausbeuter sie gesperrt hatten, wurden ihr Gesicht und ihre Bewegungen weich und schmeichelnd von der Lust, besessen zu werden, und genau das war es, was sie in Mailand und ganz Italien so unvergleichlich begehrenswert machte und den Wert ihrer Dienste ins Unermessliche steigerte. Es war ein Fall von unglaublicher, hundsgemeiner Ausbeutung eines schutzlosen menschlichen Wesens – doch genau das hatte dieses üble Trio fertiggebracht.

Und doch gab es mit Donatella manchmal ein Problem. Wohl aufgrund des übermäßigen körperlichen Missbrauchs, der mit ihr getrieben wurde, gab ihr eigentlich sehr kräftiger Organismus hin und wieder nach: Ein Ventil ihres Nervensystems brannte durch, sie verfiel in eine Art Schock und rief dann unablässig „Papa! Papa! Papa!“, denn offenbar erinnerte sie sich trotz ihrer anfallartigen Bewusstseinstrübung an den Vater Amanzio Berzaghi, der ihr Leben Schritt für Schritt begleitet und ihr immer mal wieder eine Puppe gekauft hatte, und der dieser Frau, die durch ihre geistige Behinderung einem achtjährigen Mädchen glich, anscheinend körperlich und seelisch fehlte.

Anfangs waren die Krisen, bei denen sie um sich schlug und laut nach ihrem Papa rief, relativ selten, doch mit der Zeit wurden sie immer häufiger und überfielen sie sogar, wenn sie mit einem ihrer teuer bezahlenden Freier zusammen war, der natürlich erschrocken zurückwich, wenn sie begann, heiser „Papa! Papa! Papa!“ zu schreien.

Zunächst versuchten die drei, ihre Krisen mit Beruhigungsmitteln zu unterbinden, und stopften sie mit Tabletten voll; doch mussten sie das bald wieder aufgeben, denn auf diese Weise machten sie den größten Vorzug ihrer Goldmine zunichte: Die Beruhigungs- oder Schlafmittel unterdrückten Donatellas erotische Impulse.

Also gingen ihre Ausbeuter – an ihre Namen sei noch einmal erinnert: Franco Baronia, Sohn des Rodolfo, Michelone Sarosi und Concetta Giarzone – skrupellos dazu über, körperliche Gewalt anzuwenden. Denn statt ihre Kunden mit dem instinktiven Eifer zu empfangen, der ihr unglücklicherweise angeboren war, verschreckte Donatella sie immer häufiger dadurch, dass sie mit dieser rauen und zugleich so kindlichen Stimme nach ihrem Vater rief, und das ging ja nicht!

Die drei verlegten sich also darauf, sie zu schlagen, wenn sie eine Krise bekam, und drohten ihr die schlimmsten Konsequenzen an, wenn sie sich nicht brav verhielt und gehorchte. Doch obwohl sich Donatella, kindlich wie sie war, einschüchtern ließ, stiegen immer wieder die Bilder ihres Mailänder Zuhauses im Viale Tunisia in ihr auf: ihr Zimmer voller Puppen, die Lampe mit Bambi, Pluto, Donald Duck, Mickymaus und Dumbo, das buschige Gesicht ihres Vaters, der ihr beim Anziehen half, seine Hände, die ihr übers Gesicht strichen – und dann spürte sie ein unendliches körperliches Verlangen nach all dem Vertrauten. Deshalb bekam sie ihre Krisen immer wieder, trotz aller Drohungen, und sie wurden immer häufiger. Obgleich sie sie schlugen und mit Beruhigungsmitteln vollpumpten – das heisere „Papa! Papa! Papa!"-Geschrei hallte stets von Neuem durch die verschiedenen Apartments, in die Donatella von ihren Peinigern gebracht wurde, stiftete dort Verwirrung, wurde allmählich zu einer ernsthaften Gefahr und ließ den Wert dieser zunächst so unvergleichlichen „Ware" rapide sinken. Donatella Berzaghi, einst eine regelrechte Goldgrube, war zu einer gefährlichen Falle geworden: Früher oder später würde sie mit ihrem Toben und Schreien die Polizei auf den Plan rufen. In der letzten Zeit hatten sich ihre Krisen täglich wiederholt, es gelang ihren Ausbeutern einfach nicht mehr, sie zu unterbinden, und schließlich war ihre Ware nicht mehr verkaufsfähig: Sie stellte nicht nur eine konkrete Gefahr dar, sondern hatte außerdem massiv an Attraktivität verloren, weil sie nicht mehr lustvoll auf alle Männer zuging, was sie zunächst zu einem Spitzenwert an der Börse der Schande gemacht hatte.

Am Rande der Verzweiflung kamen ihre Ausbeuter eines Abends nach Lodi, im Schlepptau ihre riesige Last, die vollkommen betäubt war mit Schlafmitteln, damit sie nicht nach ihrem Papa schrie. Dort ließ sich Franco Baronia, Sohn des Rodolfo, der Zuhälter, von seinem Cousin Franco Baronia, Sohn des Salvatore, dem Gentleman, unterbringen.

Der kleine Gentleman hatte keine Wahl: Er musste gehorchen. Schließlich waren sie drei gegen einen: sein Cousin, eine Kanaille; dessen Freund Michelone, auch eine Kanaille; und schließlich Concettina, eins der widerlichsten, sadistischsten Weibsbilder, die er je kennengelernt hatte.

Doch kaum hatte die Wirkung des Schlafmittels ein wenig nachgelassen, fing Donatella Berzaghi wieder an, mit schlaftrunkener und doch immer lauter werdender, flehender Stimme nach ihrem Papa zu rufen, mit einer Stimme, die Kraft schöpfte aus ihrem unerträglichen Bedürfnis, den Vater wiederzusehen, einem Bedürfnis, das so elementar war, dass es alle anderen Regungen überlagerte, auch den erotischen Instinkt. Bis Franco Baronia, Sohn des Salvatore, der Gentleman, sie schließlich allesamt hinauswarf – sie und ihre drei Ausbeuter.

Also machten sich die drei Kanaillen mit ihrer schweren Last auf den Weg, mit dieser Riesin, die gellend nach ihrem Vater rief und wild um sich schlug, weil sie ihn nicht kommen sah, obwohl sie sich seit Monaten nichts sehnlicher wünschte, als in seine starken Arme geschlossen und von seinen breiten Händen im Nacken gekrault zu werden, wie er es so oft getan und dabei gemurmelt hatte: Mein Töchterchen, mein Töchterchen. Ja, diese zärtlichen väterlichen Berührungen und seine Stimme vermisste sie unendlich.

Als sie schließlich im Auto saßen und Richtung Mailand fuhren, beschloss das schändliche Trio, dass man sich dieser gefährlichen Last namens Donatella entledigen müsse. Wären die drei ein bisschen intelligenter gewesen, hätten sie das arme Mädchen, das das grenzenlose Pech gehabt hatte, ihnen in die Hände zu fallen, einfach irgendwo in der Nähe eines Ortes an der Straße abgesetzt. Früher oder später hätte jemand gehört, wie sie weinte und nach ihrem Papa rief, und hätte sie zur Polizei gebracht. Vermutlich wären die drei üblen Gestalten nach einem eingehenden Verhör des Mädchens und infolge sorgfältiger polizeilicher Ermittlungen schließlich gefasst worden, doch hätte man sie dann nur wegen Entführung und Prostitution vor Gericht stellen können. Um nicht Gefahr zu laufen, dass man sie entdeckte, hatten die drei Genies jedoch beschlossen, ihr Opfer zu töten.

Denn Verbrecher sind nie intelligent, im Gegenteil: Kriminalität ist immer eine Form von gefährlicher Dummheit. Niemand, der auch nur einen Funken Verstand besitzt, wird Dieb, Räuber oder Mörder. Die drei Idioten beschlossen also, das Mädchen, das kein Geld mehr einbrachte, umzubringen; dann würden sie zwar auch eines Tages geschnappt, aber nicht nur wegen Entführung und sexueller Ausbeutung, sondern außerdem wegen Mordes verurteilt werden. Wirklich sehr schlau!

Michelone, der Barmann aus dem Viale Tunisia, schlug vor, sie in einem Feld längs der Straße zu vergraben, doch Franco Baronia, Sohn des Rodolfo, warf ein: „Womit sollen wir denn graben? Mit den Händen etwa?“ Ein Loch für diese riesige Frau ohne ein geeignetes Werkzeug zu graben – dazu hatte er nun wirklich keine Lust!

Langsam fuhr das Auto über die wenig befahrene Straße Richtung Mailand. Am Straßenrand stieg hin und wieder Rauch auf, dort, wo all die Haufen aus altem Laub und Gestrüpp vor sich hin schwelten; immer wieder mal sprühten sie Funken, die der sanfte Wind der außergewöhnlich milden Oktobernacht über die weiche Mailänder Ebene trug, während die Riesin auf dem Rücksitz um sich schlug und mit ihrem unerträglichen Geschrei die Nerven ihrer Mitfahrer und Peiniger zerrüttete.

„Warte, halt mal an!“, hatte Concetta Giarzone, die verderbteste Hure der Poebene, da auf einmal gesagt. „Hier, schaut mal, hier können wir sie doch reinlegen, in diesen brennenden

Haufen! Wenn sie da die ganze Nacht dringelegen hat, ist sie morgen so verkohlt, dass sie keiner mehr erkennt. Man wird nicht mal mehr sehen können, ob das eine Frau war oder ein Pferd!"

Gesagt, getan. Sie luden Donatella Berzaghi aus, und Michelone versetzte ihr mit einem großen Stein mehrere heftige Schläge auf den Kopf, bis sie aufhörte, um sich zu schlagen und nach ihrem Papa zu rufen. Dann packten sie sie zu dritt und steckten sie noch lebend in den glühenden Haufen, wobei unzählige Funken aufstoben. Als ihr Körper in dem Feuer zusammenzuckte, schlug Franco Baronia, Sohn des Rodolfo, noch mehrmals mit dem Stein zu, bis sie vollkommen bewusstlos liegen blieb. Dann bedeckten sie das Mädchen sorgfältig mit trockenen Blättern und Zweigen, damit in einigen Stunden, wenn der Tag anbrach, niemand mehr etwas erkennen konnte – und zwar nicht nur wer, sondern auch was da überhaupt verkohlt war. Nur dass Donatella Berzaghi, da sie noch lebte und spürte, wie sie dabei war zu verbrennen, in einem letzten, instinktiven Aufbäumen versucht hatte, sich aus der Höllenglut zu retten. Und so hatte sie den Arm ausgestreckt, und die Hand mit den lackierten Fingernägeln war nicht in der sengenden Glut verbrannt, sondern unversehrt geblieben. Dann war sie glücklicherweise gestorben.

3

Amanzio Berzaghi kniete vor der Badewanne, in die durch den weit geöffneten Hahn noch immer das Wasser rauschte. Er hielt den Kopf von Concetta Giarzone an dem Pferdeschwanz, wie ihn eigentlich nur Zwölfjährige tragen, über den Wasserspiegel und ließ sie erzählen, und so erfuhr er, dass die wahre Mörderin seiner Tochter das abstoßende, zitternde Wesen war, das dort in Mantel und Stiefeletten mit der Handtasche unterm Arm in der Badewanne lag, aus der das Wasser nun schon seit geraumer Zeit hinauslief und den Fußboden überschwemmte, und zwar in der ganzen Wohnung. Sie war es, die die Idee gehabt hatte, Donatella einfach zu verbrennen, bei lebendigem Leib.

„Und dann?", knurrte er, wobei er sie wie vorher am Pferdeschwanz festhielt.

Sie erbrach ein wenig Wasser und krampfte sich vor Kälte in dem immer eisigeren Wasser zusammen. „Dann sind wir nach Mailand zurückgefahren", keuchte sie.

Im selben Moment klingelte es an der Tür.

„Das ist dein Freund, stimmt's?", fragte Amanzio Berzaghi und erhob sich mühsam. „Ich habe genau gehört, was du ihm am Telefon gesagt hast, auch wenn ich am Boden lag." Er ließ ihre Haare los, und ihr Gesicht glitt ins Wasser. Sie zappelte nicht einmal mehr groß, so kraftlos war sie inzwischen, und ertrank in ihrem eleganten Mantel, Stil Dreißigerjahre, während ihre Handtasche sich mit Wasser vollsog und kleine, rosafarbene Blutbläschen aus Nase und Mund traten. Amanzio Berzaghi humpelte zur Tür, um sie zu öffnen.

Er hatte vor, das zu tun, was in dieser Situation am einfachsten schien: die Tür zu öffnen. Er wusste – denn er hatte ja das Telefonat verfolgt –, dass jenseits der Tür Franco Baronia, Sohn des Rodolfo, stehen musste, also der Mann, der seine Tochter bei lebendigem Leib in den glühenden Gestrüpphaufen am Straßenrand gesteckt hatte, und er hatte nur den einen Wunsch: diesem Mann die Tür zu öffnen. Und so tat er es.

Der kleine, ordinäre junge Mann auf dem Treppenabsatz erstarrte vor Schreck, als er statt des Gesichts von Amanzio Berzaghi eine monströse, blutüberströmte, von einem dichten Helm aus grauen Haaren bedeckte Maske erblickte. Er stand stocksteif da vor Angst, ja, er fühlte sogar Panik in sich aufsteigen, denn Menschen von seinem Schlag zeichnen sich nicht gerade durch Mut aus. Selbst sein Fluchtinstinkt war offenbar gelähmt, und so packte Amanzio Berzaghi ihn an seinen langen Haaren, zog ihn in die Wohnung, gab der Tür einen kräftigen Tritt, sodass sie wieder zuschlug, und obwohl er ein alter Invalide mit einem kaputten Knie war und von dem stechenden Schmerz in den Genitalien und in dem vom Türstopper eingeschlagenen Auge fast ohnmächtig wurde, war er doch immerhin ein kräftiger Lkw-Fahrer, der den Mailand–Bremen, den Mailand–Moskau und den Mailand–Madrid gefahren hatte; und so holte er aus und schlug dem jungen Mörder seiner Tochter mit einer solchen Wucht die Faust ins Gesicht, wie er es in seinem ganzen Leben noch nicht fertiggebracht hatte. Und das Gesicht zerbarst unter dem Hieb und den folgenden, die Amanzio Berzaghi ihm verpasste, bis der junge Mann zu Boden fiel und in einer Blutlache liegen blieb.

In der kleinen Diele stand ein Stuhl. Amanzio Berzaghi sank ächzend auf ihn nieder und blickte auf den Haufen Mensch, der da vor ihm auf dem Boden lag. Es waren keine Faustschläge wie in einem Western gewesen, nein – es waren wirkliche Hiebe gewesen, Hiebe, die Spuren für immer hinterlassen.

In der Diele hing ein Spiegel, genau vor ihm, und so blickte er sich unversehens ins Gesicht. Das Blut war schwarz geronnen, das linke Auge explodiert wie eine zerquetschte Orange. Der Türstopper stand noch dort in der Diele, genau vor seinen Füßen – der Türstopper, den Concetta ihm ins Gesicht geschleudert und der ihn sein linkes Auge gekostet hatte. Er packte den schönen, verzierten Messinggriff, hob die große Kugel auf, ohne sich zu erheben, und betrachtete den jungen Mann, der vor ihm auf dem Boden lag – seine braunen Haare, die Blutlache um sein Gesicht. Er wartete, dass er wieder zu sich käme, und lauschte dabei dem Rauschen des Wasserhahns, der noch immer voll aufgedreht war, merkte jedoch nicht, dass das Wasser inzwischen vom Bad bis in die Diele gelaufen kam. Das Rauschen erinnerte ihn an den Sommer, in dem er und seine Schwägerin, die gute Seele, versucht hatten, Donatella mit in die Berge zu nehmen. Nach Fondo Toce waren sie gefahren, in das Hotel am Wasserfall. Vielleicht waren es tatsächlich die glücklichsten Tage seines Schicksals als Vater einer geistig zurückgebliebenen Tochter gewesen. Donatella hatte sich immer so über den laut sprudelnden Wasserfall gefreut, dass man sie ständig hatte zurückhalten müssen, damit sie dem Ufer des reißenden Flusses nicht zu nahe kam. Doch leider hatten sie überstürzt wieder abfahren müssen, denn es war wie immer gewesen: Wenn die Leute das riesenhafte Mädchen sahen, umkreisten sie es neugierig wie eine Elefantin im Käfig. Trotzdem waren es glückliche Tage gewesen, begleitet von der tosenden Musik des Wasserfalls direkt neben dem Hotel. Und so erinnerte ihn das Rauschen des Wasserhahns jetzt an jene glücklichen Tage mit seinem Töchterchen und ließ ihn sich krümmen vor Schmerz darüber, dass sie nicht mehr lebte und dass das abscheuliche Individuum zu seinen Füßen sie bei lebendigem Leib verbrannt hatte.

Das Wesen begann sich zu regen, kam zu sich, hob den Kopf mit dem eingeschlagenen, blutigen Gesicht und blickte ihn an.

Amanzio Berzaghi hob den mehrere Kilo schweren Türstopper an dem kunstvollen Messinggriff hoch und sagte: „Keine Bewegung, sonst kriegst du den hier an den Kopf!"

Es war eine unzweideutige Anweisung, und der Typ auf dem Fußboden begriff, dass der Mann mit dem blutüberströmten, graubehaarten Gesicht keine Sekunde zögern, sondern ihm den Kopf ohne Weiteres mit dem Türstopper einschlagen würde, so wie man ein Ei anklopft, wenn er auch nur die geringste Bewegung gewagt hätte. Und so blieb er reglos liegen. „Sag mir, wie ihr es angestellt habt, mir mein Töchterchen zu entführen", forderte Amanzio Berzaghi ihn auf und ließ den Türstopper über dem Kopf des Kerls hin- und herpendeln. „Wie ihr sie *umgebracht* habt, weiß ich inzwischen; jetzt will ich wissen, wie ihr sie mir *weggeholt* habt." Trotz seines gebrochenen Unterkiefers bekam er ein mühsames Lächeln zustande: Ja, ja, er war schon neugierig – er wollte alles wissen!

Der Kerl, der in einer Mischung aus Blut und Wasser, die inzwischen die ganze Wohnung überschwemmte, vor ihm am Boden lag, hob den Blick und sah den wuchtigen Türstopper über seinem Kopf schweben. Er musste reden! Der Anblick der großen, schweren Kugel machte seine Gedanken klar und ihn selbst ehrlich, was noch nicht allzu oft vorgekommen war in seinem Leben. „Wie ihr sie *umgebracht* habt, weiß ich inzwischen; jetzt will ich wissen, wie ihr sie mir *weggeholt* habt." Das war die Frage – und das verwerfliche Individuum antwortete genau und ehrlich, während die große, schwere Kugel über seinem Haupt schwebte.

4

Amanzio Berzaghi trank seinen Grappa immer in der Bar genau gegenüber von seiner Wohnung, wo ihn Michelone bediente, der nette, herzliche Barmann, mit dem alle Kunden gern redeten, nicht nur über Totoscheine, sondern auch über persönliche Angelegenheiten: über die Hörner, die sie ihren Frauen aufsetzten, und manchmal, wenn auch wesentlich seltener, sogar über die Hörner, die sie von ihren Frauen aufgesetzt bekamen; über ihre Kinder, diese Schlingel, oder ihre Freundinnen, diese dummen Kühe; über Politik oder den Nebel oder den Autounfall von gestern. Wenn man fast täglich in dieselbe Bar geht und dort fast immer denselben Barmann antrifft, dann ist es normal, dass man anfängt, ihm von seinen persönlichen Angelegenheiten zu erzählen.

Amanzio Berzaghi redete nicht über Fußball und auch nicht über Frauen; er redete über sein Töchterchen. Tag für Tag, Grappa für Grappa, Wort für Wort hatte er sich dem Barmann Michelone immer weiter anvertraut und nach und nach sein ganzes Drama erzählt, bis hinein ins kleinste Detail: dass er die Fensterläden mit einem Schnappschloss blockierte; dass er seine Tochter anrief, wenn er im Büro war, mehrmals täglich; und dass er zweimal täglich nach Hause lief, um nach ihr zu sehen. Wenn die Mailänder jemandem ihr Vertrauen schenken, dann tun sie es ganz, und so redete Amanzio Berzaghi mit Michelone, dem Barmann, als sei er sein Sohn, als sei er Donatellas Bruder.

Michelone aber war ein Kopfjäger der Prostitution, der stets nach „Talenten“ Ausschau hielt, die man möglicherweise in den

„Kreislauf einspeisen“ konnte; und er besaß Freunde, die stets bereit waren, ihnen die richtige Stelle zu besorgen. Anfangs hatte Michelone die Erzählungen des alten Lombarden mit der geistig zurückgebliebenen Tochter als furchtbar langweilig empfunden. Was ging ihn das schließlich an? Doch der Alte mit dem buschigen Gesicht und den borstigen Händen hatte Grappa für Grappa wiederholt, wie schön seine Tochter war, wunderschön – nicht fett, nicht klobig, sondern von vollkommenen Proportionen, sodass ihre außergewöhnliche Größe ihre Schönheit sogar noch steigerte. Sie war die schönste Frau der Welt, wiederholte der Alte immer wieder und stellte das leere Grappaglas auf die Theke.

Die unablässige Wiederholung dieser Wörter – schön, Schönheit, schönste Frau der Welt – gaben Michelone, dem Kopfjäger der Prostitution, eines Tages die entscheidende Inspiration ein. Er erzählte Concettina davon, der Frau, die er sich mit seinem besten Freund brüderlich teilte, und so wurde es ein Fall für ihre Dreiervereinigung ABB – Anonyme Bordell-Belieferung.

Normalerweise schnappten sie sich ihre unglückseligen Opfer, indem sie sie zunächst verführten und dann moralisch und sozial so kompromittierten, dass diese schließlich keinen anderen Ausweg mehr sahen als die Prostitution oder den Selbstmord. Denn das Trio der ABB verstand sein Handwerk und leistete ganze Arbeit. Es suchte nicht etwa nach angehenden kleinen Nutten, die sowieso früher oder später auf dem Strich gelandet wären – nein, es lauerte den wirklich seltenen Exemplaren auf: Minderjährigen aus guter Familie; frisch vermählten, romantischen, von ihrem Ehemann brutal verlassenen Bräuten; jungen, rechtschaffenen Lehrerinnen, die eben wegen ihrer Ehrbarkeit keinen Mann fanden, doch von Michelone oder Franco Baronia – Sohn des Rodolfo – mit Concetta Giarzones Hilfe schließlich dazu gebracht wurden, von ihrer ehernen Rechtschaffenheit abzulassen, um dann binnen weniger Monate in einem eleganten Mailänder Apartment, einer kulturellen Vereinigung oder einer Villa am Stadtrand zu landen.

Ja, das war der übliche Weg. Doch dem Trio der sexuellen Ausbeutung wurde gleich bei der ersten einschlägigen Versammlung klar, dass man in diesem Fall nicht die allgemein übliche Methode anwenden konnte. Natürlich wäre es kinderleicht gewesen, das Mädchen zu verführen, denn in den Gesprächen mit dem Barmann Michelone hatte Amanzio Berzaghi ja, das Grappaglas in der Hand, mit schmerzlich verschleierter Scham zugegeben, dass eins der größten Probleme seiner geistig zurückgebliebenen Tochter ihre exzessive Sympathie für Männer war.

Die ständige strenge, ja vollkommene Überwachung des Mädchens durch seinen Vater machte jedoch jeden Verführungsversuch unmöglich. Die riesenhafte junge Frau ging ja niemals aus und blieb auch nie länger als zwei Stunden allein, denn sowohl vor- als auch nachmittags verließ der Vater jeweils kurz sein Büro bei Gondrand und schaute einen Moment zu Hause vorbei, um zu kontrollieren, dass alles in Ordnung war. Eine Verführung kam unter diesen Umständen also wirklich nicht in Frage.

Es war Concetta, der Kopf der Anonymen Bordell-Belieferung, die begriff, dass hier Gewalt angewandt werden musste. Sie mussten das Mädchen entführen, und damit basta. Ausgestattet mit dem für Sadisten so typischen Pragmatismus, war sie fest davon überzeugt, dass es sich durchaus lohnte, ein hohes Risiko für ihren Plan einzugehen, denn eine lüsterne Idiotin war eine solche Seltenheit, dass man damit reicher werden konnte als mit dem Hauptgewinn der Neujahrslotterie.

Die Idee war gut, nur musste sie auch ausgeführt werden. Eine zwei Meter große und zwei Zentner schwere junge Frau zu entführen, deren Reaktionen nicht wirklich vorhersehbar waren, war kein Pappenstiel. Doch Michelone hatte einen Trumpf in der Hand. In die Bar, in der er arbeitete, kam fast täglich ein junges Dienstmädchen, das nicht besonders hübsch und außerdem von alkoholbedingter Hepatitis gezeichnet war, was bei den Eimern von Weißwein, die sie trank, kein Wunder war. Sie war alleinstehend, hatte zwei Kinder, die bei ihrer Mutter aufwuchsen, und war ganz wild auf Männer, was neben dem Weißwein ein weiterer Grund dafür war, dass sie immer wieder in der Bar auftauchte. Sie gab dann regelmäßig eine Runde aus, doch mit Ausnahme einiger armer Schlucker lachten die jungen Männer des Lokals nur über sie, tranken grinsend ihre Gläser aus, hätten sie aber nicht einmal mit dem kleinen Finger angerührt. Sie hatte schmutzig blonde Haare und die abstoßenden, wässrigen Augen einer lüsternen Frau, trug immer schlecht sitzende T-Shirts und Pullover und hatte einen plumpen, völlig unweiblichen Körper ohne Busen und Taille und mit einem überproportional großen Hintern, der jedoch keinen sexuellen Reiz darstellte, sondern eher lächerlich wirkte. Zu allem Unglück hatten ihre Eltern ihr außerdem den außergewöhnlichen Namen Domiziana verpasst, wegen dem sie schon in der ersten Klasse gehänselt worden war. Und die Hänselei hatte sich über alle folgenden Jahre hingezogen und niemals aufgehört, auch jetzt nicht; und zwar nicht, weil Domiziana ein besonders komischer Name gewesen wäre, sondern einfach, weil er überhaupt nicht zu ihr passte. Für das Trio der sexuellen Ausbeutung jedoch hatte Domiziana einen unbezahlbaren Vorzug: Sie arbeitete bei einer Herrschaft im Haus von Donatella Berzaghi und ihrem Vater, im Viale Tunisia Nummer fünfzehn.

Nun wurde der Plan bis ins winzigste Detail ausgearbeitet, fast wie die Landung der Alliierten in der Normandie: Nichts, aber auch gar nichts wurde dem Zufall überlassen. Es begann mit der – übrigens nicht sehr schwierigen – Verführung von Domiziana. Michelone, der sie vorher immer angeschaut hatte wie einen auf dem Boden zertretenen Käfer, entbrannte auf einmal in heißer Liebe zu ihr. Doch zur Sicherheit, falls es ihm nicht gelingen sollte, ihre Wünsche vollends zu befriedigen, tauchte dann auch noch Franco Baronia – Sohn des Rodolfo –

auf, und gemeinsam überschütteten sie das Dienstmädchen mit der alkoholbedingten Hepatitis mit solchen Unmengen an Liebesbezeugungen, dass sie zu allem „Ja“ und „Amen“ sagte, was die beiden würdigen jungen Männer von ihr verlangten.

Das größte Problem der drei Verschwörer war, ein sperriges Mädchen wie Donatella binnen einer halben Stunde fortzuschaffen, denn zwischen den Besuchen und Telefonaten ihres Vaters verging nie eine längere Zeitspanne als diese. Doch musste das bewerkstelligt werden, ohne Spuren zu hinterlassen oder irgendwie Verdacht zu erregen. Dieses Problem konnte mithilfe des Dienstmädchens Domiziana, das inzwischen in einer Wolke sexueller und alkoholischer Befriedigung schwebte, glänzend gelöst werden.

Es war Frühling, und eines Tages informierte sie die beiden Männer, die ihr so großzügig Genuss um Genuss spendeten, dass ihre Herrschaft, wie sich das für wohlhabende Mailänder gehört, für ein paar Tage, vom Soundsovielten bis zum Soundsovielten, ans Meer nach Rapallo fahren und dass die Wohnung in dieser Zeit leer stehen würde.

Genau in diesen Tagen stieg nun Michelone eines Morgens die Treppe zu Donatellas Wohnung hinauf. Er war nicht der Typ, der besondere Schwierigkeiten mit Schlössern hatte, und so war die Wohnungstür mithilfe eines Drahtes schnell geöffnet, und er trat ein. Es war die Stunde X: Die gewissenhaft und bis ins winzigste Detail einstudierte Aktion konnte beginnen.

Michelone trat also in die Wohnung und lächelte Donatella an, die das Geräusch an der Tür vernommen hatte und in die Diele gekommen war. Es war ein männliches, aufforderndes Lächeln, denn Michelone war ja von Donatellas Vater Grappa für Grappa über ihre erotische Veranlagung aufgeklärt worden; nur dass dem Vater, wenn er davon erzählte, fast die Tränen in die Augen gestiegen waren ob dieses unglückseligen Umstands, während er, Michelone, mit steigendem Appetit zugehört und begonnen hatte, einen Plan auszuhecken, wie man so eine ungewöhnliche Ware am besten vermarkten könnte.

Nachdem er ihr sanft über die Brust gestreichelt hatte, folgte Donatella ihm fügsam. Michelone ging mit ihr ein Stockwerk tiefer, als gerade niemand im Treppenhaus zu sehen war, und außerdem benutzten ja doch alle Leute den Aufzug, und die Treppe selbst war praktisch immer leer.

Das Dienstmädchen Domiziana wartete schon hinter der angelehnten Tür und ließ sie in die Wohnung ein, die ihre Herrschaften – Mailänder im Urlaub – verlassen hatten, um sich in den jodsalzhaltigen Winden Rapallos zu regenerieren. Auch Franco Baronia – Sohn des Rodolfo – befand sich bereits in der Wohnung, und er, Michelone und das ziemlich betrunkene Dienstmädchen vertrieben der unglückseligen, geistig behinderten jungen Frau die Zeit mit Schamlosigkeiten, die man besser verschweigt. Denn die Frage, wie sie mit ihrer sperrigen Last aus dem Haus kommen sollten, ohne vom Portier oder anderen Menschen gesehen zu werden, hatte sich als äußerst kompliziert zu beantworten erwiesen.

Doch auch dieses Problem war dank Concettina Giarzones weitsichtiger Intelligenz gelöst worden. Donatella war kurz vor zwölf Uhr mittags entführt und mithilfe des Dienstmädchens Domiziana in die Wohnung unter ihrer eigenen gebracht worden. Dort hatten sie sie bis zwei Uhr morgens festgehalten und sich mit ihr vergnügt, sie dann, betrunken wie sie inzwischen war, ins Erdgeschoss geschleppt, die Haustür mit dem Schlüssel des Dienstmädchens aufgeschlossen und die Riesin in das Auto gehievt, das schon vor dem Haus wartete, mit Concetta Giarzone am Steuer. Das Dienstmädchen war ein wenig stumpfsinnig, die Schlüssel in der Hand, in der Haustür stehen geblieben, vollkommen betrunken und sexuell mehr durchgebeutelt als befriedigt, und hatte dem Auto nachgeblickt, das sich in der Ferne verlor. Es war eine schöne Frühlingsnacht gewesen.

5

Amanzio Berzaghi ließ den riesigen Türstopper vor Franco Baronias Gesicht pendeln. „Willst du damit sagen, dass meine Tochter, als ich damals nach Hause kam und sie dort nicht mehr vorfand, in der Wohnung unter meiner war – mit euch?“

Franco Baronia, am Boden liegend, das verquollene Gesicht in einer Lache aus Blut und Wasser, das weiterhin unerbittlich aus dem Bad herausfloss und in die ganze Wohnung vordrang, nickte. „Tagsüber konnten wir sie ja nicht wegbringen, denn dabei hätten wir doch jede Menge Zeugen gehabt! Deswegen haben wir bis in die Nacht gewartet, sodass uns keiner gesehen hat, als wir mit ihr das Haus verließen.“ Franco Baronia beobachtete die große Kugel, die vor seinen Augen hin- und herschwang, und leckte sich vor Angst das Blut und das eisige Wasser, das ihn umspülte, von den Lippen.

„Willst du damit sagen“, wiederholte Amanzio Berzaghi monoton, denn im Grunde sind die Mailänder ein etwas langweiliger Menschenschlag, „willst du damit sagen, als ich ins Kommissariat ging, um das Verschwinden meiner Tochter anzuzeigen, war sie in der Etage unter uns?“

Franco Baronia konnte das nur bestätigen. Während der Vater seine Tochter verzweifelt in der leeren Wohnung gesucht hatte und dann wie verrückt vor Angst zur Polizei gerannt war, hatte sich seine Tochter im Stockwerk darunter befunden, zwei üblen Subjekten ausgeliefert, die sie missbrauchten, und einem Dienstmädchen, das daneben stand und sich an der niederträchtigen Schändung erregte.

Amanzio Berzaghi wusste nicht mehr, was er tat. Er knurrte dumpf auf wie ein wildes Tier, hob seinen kräftigen, dicht behaarten Arm und zog den Türstopper mit voller Wucht über den Kopf des bereits halb verendeten Wesens vor ihm auf der Erde, das seine Tochter umgebracht hatte.

Das Wasser, das durch die ganze Wohnung plätscherte, färbte sich an dieser Stelle intensiv rot, und auf seiner Oberfläche wurden weiße Schleimflocken sichtbar und drehten sich leicht in der Strömung, die aus geheimnisvollen Gründen beziehungsweise durch das baubedingte Gefälle des Fußbodens in Richtung des kleinen Gästebads floss. Einen Augenblick später fiel Amanzio Berzaghi, von einem unerträglichen Schmerz in seinen Weichteilen durchbohrt, kopfüber nach vorn. Die schreckliche Wunde an seinem Auge platzte wieder auf, und das Wasser, das weiter über den Fußboden lief und gerade wieder heller geworden war, färbte sich von Neuem dunkelrot, während er zu seinem Glück in eine tiefe Ohnmacht versank.

6

Erst durch ein langes, durchdringendes Läuten kam er wieder zu sich. Er kniete sich hin und merkte, dass das Läuten die Haustürklingel war. Mit letzter Kraft erhob er sich. Der Spiegel in der Diele warf ihm erbarmungslos das Bild seines blutüberströmten Gesichts zurück, doch er sah kaum noch etwas, und auch nur mit dem rechten Auge. Er begriff nicht viel von dem, was um ihn herum geschah, und das Plätschern des Wassers, das inzwischen die ganze Wohnung überschwemmt hatte, brachte ihn noch mehr durcheinander. Doch die Klingel läutete weiter, und so ging er instinktiv zur Tür, wie es ein ordentlicher Mailänder eben tut, der auf jedes Geläute antwortet, sei es nun die Wohnungstür, das Telefon oder der Wecker.

Er öffnete die Tür, und mit dem letzten Rest seiner Sehfähigkeit erblickte er Michelone. Michelone war gekommen, weil sein Kumpel Franco Baronia ihm Bescheid gesagt hatte, dass Donatellas Vater sich in Concettinas Wohnung befand und dass sie ihre Hilfe brauchte. Und so stand er nun hier, hilfsbereit wie er war.

Als Amanzio Berzaghi ihn erblickte, entfesselte sich in ihm eine furchtbare Macht, wie bei einem Erdbeben. Er explodierte. Vor ihm stand der Mann, dem er fast weinend seine Tragödie anvertraut, dem er seine Schwierigkeiten mitgeteilt hatte, als Vater mit einem geistig behinderten Kind zu leben; dem er wie einem Sohn von seinen Sorgen erzählt hatte, von seinen Ängsten, von den Mühen, sein Töchterchen zu beschützen, Grappa für Grappa. Und dieser Abschaum von Mensch hatte seine unter Schmerzen preisgegebenen Vertraulichkeiten ausgenutzt, um ihm Donatella fortzunehmen.

Er packte ihn an der Jacke und zog ihn mit einem Ruck in die Wohnung. Und obwohl er alt und verletzt war und ihn alles schmerzte, stürzte er sich wie rasend auf Michelone. Er war jetzt kein Mensch mehr, sondern nur noch ein wildes Wüten der Natur. Michelone, obgleich ein kräftiger Mann, sackte unter den stahlharten Faustschlägen und der auflodernden Gewalt, mit der Amanzio Berzaghi ihm den Kopf gegen die Wand donnerte, zusammen und begriff schließlich, dass er sterben würde, und das tat er dann auch. Er fiel fast genau auf den Leichnam Franco Baronias, und der feine, pelzbesetzte Ledermantel, den er sich gerade erst gekauft hatte, färbte sich ganz rot von seinem Blut.

Amanzio Berzaghi betrachtete ihn einen Augenblick lang, begriff, dass er tot war, und schickte sich an, ins Bad zu gehen; denn obwohl er merkte, dass er einer Ohnmacht nahe war, wollte er sich das Gesicht waschen und sich ein wenig frisch machen und außerdem den Wasserhahn im Bad zudrehen. Doch kaum hatte er sich erhoben, umgeben von diesem Rauschen, das ihn an den Wasserfall von Fondo Toce erinnerte, fiel er wieder zu Boden, fast auf die beiden Mörder seiner Tochter, ins Wasser, dessen Rauschen ihn immer, auch jetzt noch, in der nahenden Dunkelheit des Todeskampfs, an den Wasserfall von Fondo Toce erinnerte, wo er einst mit Donatella Urlaub gemacht hatte, in einer glücklichen, weit entfernten Vergangenheit.

SIEBTER TEIL

„Natürlich ist es nicht recht, jemanden umzubringen – natürlich nicht!“

1

Am Abend dieses Tages – es war ein Samstag, ein unvermutet schöner Novembersamstag, kein bisschen kalt, kein bisschen neblig – erreichten Duca Lamberti, Livia und Mascaranti auf dem Rückweg von Lodi, wo sie mit Franco Baronia – Sohn des Salvatore allerdings – gesprochen hatten, die Via Ferrante Aporti 86 gerade noch rechtzeitig, bevor die Haustür abgeschlossen wurde, und Duca fragte den Portier: „Wo bitte wohnt Signorina Concetta Giarzone?"

„Siebter Stock. Der Aufzug ist leider defekt", antwortete der Hauswart sadistisch.

Sie stiegen die sieben Stockwerke hinauf, und was Mascaranti dabei dachte, hätte man auf keinen Fall laut aussprechen können, vor niemandem. Schon im sechsten Stock bemerkten sie ein Bächlein, das die Treppe hinuntergeplätschert kam wie ein kleiner Wasserfall. Keuchend und wütend, denn er war noch nie gern Treppen gestiegen, kam Mascaranti im siebten Stock an und stand nun vor der einzigen Tür der Etage.

„Es kommt von hier", stellte er fest. Gedämpft vernahmen sie das Rauschen des Wassers, das weiterhin aus dem Badewannenhahn floss. „Wieso hat hier denn keiner was gemerkt?"

Duca antwortete nicht, sondern drückte auf den Klingelknopf, während Livia versuchte, sich vor den zwei oder drei Rinnsalen in Sicherheit zu bringen, die unter der Schwelle hindurchkamen. Wahrscheinlich hatte sogar der eine oder andere Mieter das Wasser bemerkt, das langsam ins Treppenhaus floss, hatte sich aber gehütet, jemanden zu benachrichtigen, zum Beispiel den Portier. Das ist ja gerade das Gute an der Massengesellschaft: dass jeder frei ist zu ertrinken, ohne von anderen belästigt zu werden, die ihn retten wollen. Im Grunde ist das eine Form von Diskretion, von Respekt gegenüber der Entscheidung, in Ruhe sterben zu wollen.

„Wozu gibt es Hauswarte überhaupt?", fragte sich Mascaranti laut. „Die Wohnung hier muss komplett überschwemmt sein. Wer weiß, wie viele Leute das gemerkt, aber nichts gesagt haben."

Auch Duca sagte nichts, sondern drückte nur weiter auf den Klingelknopf. Es kam jedoch niemand, um die Tür zu öffnen. Also wandte er sich an Mascaranti: „Hast du vielleicht irgendetwas zum Aufmachen?"

„Vielleicht", antwortete der. Vorsichtig balancierte er um die Bächlein herum, die unter der Tür hervorsprudelten – als waschechter Süditaliener mochte er es gar nicht, wenn seine blank geputzten Schuhe nass wurden –, und näherte sich dem Schloss mit einem dieser Pfadfindermesser, wo alles dran ist: große und kleine Klingen, Schaber, Nagelfeile, Schraubenzieher, Korkenzieher und Ahle. Er arbeitete eine Weile an dem Schloss und drückte schließlich kräftig mit der Schulter gegen die Tür, sodass diese sich öffnete. „Ich hätte Dieb werden sollen! Eigentlich ist mir schleierhaft, wieso ich mich für eine Karriere bei der Polizei entschieden habe", sagte er trocken und trat ein.

Duca schaute; alle drei schauten sie – er, Livia und Mascaranti, mit den Füßen im Wasser, das in leichten Bewegungen über den Boden floss, als stünden sie barfuß am Rand eines Sees, der sich unter einer leichten Brise kräuselte.

In der kleinen Diele lagen drei Körper, stellte Duca kühl fest. Zwei von ihnen hatten unzweifelhaft eingeschlagene Schädel, die Wände waren über und über mit ihren Resten bespritzt. Es waren die Körper von Franco Baronia und Michelone Sarosi. Und dann befand sich da noch ein dritter Körper, ein Mann, der in sich zusammengekauert auf den Knien lag und röchelte, wie Hummer es tun, wenn sie aus dem Wasser gezogen werden und sich im Vorgefühl des grausamen Todes, der sie erwartet, verzweifelt aufbäumen und dieses heisere, dumpfe Röcheln ihres Todeskampfs ausstoßen. Der dritte, zusammengekauerte, röchelnde Körper war nicht schwer zu identifizieren: Es war Amanzio Berzaghi, der Vater von Donatella.

Und dann war da das unerträgliche Rauschen des Wassers, das aus dem Bad kam. Ohne lange zu überlegen, ging Duca auf die Geräuschquelle zu. Kaum hatte er das Bad betreten, sah er Concetta Giarzone in der Badewanne, das Gesicht eine Handbreit unter dem Wasserspiegel, vollkommen angekleidet, mit dem Pferdeschwanz einer Zwölfjährigen, der unter dem gewaltigen Wasserstrahl hin- und herwogte, die Wildlederstiefel voller Wasser, sodass sie lächerlich dicke Waden zu haben schien.

Duca drehte den Hahn zu und stellte damit endlich das quälende Geräusch ab. Es wurde still. Noch einmal betrachtete er den Körper von Concetta, Concettina Giarzone, eine Handbreit unter dem Wasserspiegel, mit dem Pferdeschwanz, der sich jetzt, wo der Hahn zugedreht war, nicht mehr im strudelnden Wasser bewegte; ihre aufgeblähte Handtasche hielt sie jedoch weiter fest unter den Arm gepresst und wirkte dadurch wild entschlossen, sie mit auf die Reise ins Jenseits zu nehmen.

Duca verließ das Bad und suchte das Telefon. Er stieg über die Leichname von Franco Baronia und Michelone Sarosi und den Körper des unerträglich röchelnden Amanzio Berzaghi hinweg und sah plötzlich Livias aschfahles Gesicht vor sich, das eindeutige Anzeichen von baldigem Erbrechen zeigte, denn ein mit einem Türstopper eingeschlagener Schädel ist nichts, was man so ohne Weiteres ansehen kann.

„Geh nach draußen, Livia, geh hinunter", befahl Duca, der mit medizinisch geschultem Auge ihre Blässe bemerkt hatte.

„Warum?", fragte sie und unterdrückte den Brechreiz, der beim Anblick der mit unzweideutigen blutigen Resten bespritzten Dielenwände in ihr aufstieg. „Ich bleibe hier."

Na gut. Sollte sie bleiben. Duca ging zum Telefon, rief alle einschlägigen Nummern an – Kommissariat, Krankenwagen, Leichenschauhaus –, kniete dann trotz des Wassers, das seine Hosenbeine durchnässte, neben dem Mann nieder, der wie ein sterbender Hummer röchelte, und fühlte ihm den Puls.

Er war am Ende.

Wutentbrannt drehte er den großen, röchelnden Mann um, legte ihn auf den Rücken, riss ihm mit zorniger Gewalt die Jacke, das Hemd und das Unterhemd auf, bis der Oberkörper zum Vorschein kam, und begann, mit beiden Händen und unter Aufbietung aller Kräfte kreisförmig das Herz des Alten zu massieren, der ihm sein schwarzblutig verkrustetes Gesicht mit dem explodierten Auge zuwandte. Verzweifelt fuhr er mit dieser Massage fort, bis endlich zwei Sanitäter mit einer Trage kamen.

Schweißüberströmt half Duca ihnen, Amanzio Berzaghi auf die Bahre zu hieven, und folgte ihnen nach draußen. Livia schloss sich ihm an. Zum Schluss kam Mascaranti. Es war ein Samstagabend. November schien es jedoch nicht zu sein, obwohl es ziemlich kalt war, und auch in Mailand schienen sie sich nicht zu befinden, denn die Atmosphäre war außergewöhnlich klar. Blieb abzuwarten, ob der Alte überlebte.

2

Er überlebte. So ein alter Mailänder Lkw-Fahrer ist nicht zu unterschätzen, selbst wenn er im Sterben liegt. Er überlebte, obwohl er es nicht wollte, dank der Wundermittel der modernen Medizin; er überlebte mit einem Auge weniger und mit einem bleibenden Schaden und einem stechenden Schmerz in den Genitalien. Sobald ihm bewusst wurde, dass er lebte, sobald er wieder sprechen konnte, murmelte er immer nur das eine Wort vor sich hin: Nein, nein, nein. Er sagte nichts anderes mehr als nein. Man brauchte kein Genie der Psychoanalyse zu sein, um zu begreifen, was er damit meinte. Er wollte nicht mehr leben.

Kalt und brutal hatten die Ärzte seinen Wunsch zu sterben missachtet, jetzt, wo es seine Donatella nicht mehr gab; sie hatten ihn an den Tropf gehängt, ihn diversen medizinischen Behandlungen unterzogen und ihm, wenn auch nur körperlich, einen blassen, müden Lebenswillen eingeflößt.

Vier Tage und drei Nächte verbrachte Duca Lamberti an seinem Bett, bis Amanzio Berzaghi imstande war zu reden.

„Warum sind Sie mit diesem Brief denn nicht zur Polizei gegangen?“, fragte ihn Duca, nachdem er sich den Tathergang aus der umständlichen Erzählung des alten Amanzio Berzaghi zusammengereimt hatte, der, halb blind mit verbundenem Kopf, aber immer noch kraftstrotzend, in seinem Krankenhausbett lag. „Statt in diese Wohnung zu gehen und drei Personen umzubringen?“

„Ich war schon so oft zu Ihnen gekommen“, antwortete Amanzio Berzaghi traurig. „Monatelang war ich zu Ihnen gekommen, Woche für Woche, um Sie daran zu erinnern, dass man mir mein Töchterchen entführt hatte. Und was haben Sie getan? Nichts. Es ist Ihnen nicht gelungen, die Entführer meiner Tochter zu fassen, und als sie sie dann umgebracht hatten, ist es Ihnen nicht gelungen, ihrer Mörder habhaft zu werden. *Ich* habe sie gefunden, und zwar vor der Polizei!"

Duca Lamberti schluckte beschämt, holte tief Luft und sagte dann leise: „Auch wir haben sie gefunden, die Mörder Ihrer Tochter, genau am selben Tag, am Samstag."

„Mag sein, aber ich habe sie zuerst gefunden", erwiderte Amanzio Berzaghi stur.

In dem Zimmer des Krankenhauses Fatebenefratelli war es sehr warm, viel zu warm; durch die Vorhänge am Fenster sickerte das trostlose Licht des Mailänder Novembers. Duca hätte gern geraucht, aber das ging jetzt nicht.

„Sie haben drei Personen getötet", wiederholte er und schluckte noch einmal bitter. „Das ist nicht recht, auch wenn diese drei Personen Ihre Tochter umgebracht haben."

Der haarige Alte bellte: „Natürlich ist es nicht recht – natürlich nicht!", und fuhr dann hitzig fort: „Aber ich bin kein Verbrecher! Ich habe nie die Absicht gehabt, jemanden umzubringen, auch nicht die Mörder meiner Tochter! Wenn Ihr von der Polizei die Entführer gefasst hättet, statt immer nur zu faseln und mich monatelang zum Narren zu halten, dann hätte mein Töchterchen nicht sterben müssen – und ich hätte diese drei Personen nicht umgebracht!" Amanzio Berzaghi setzte sich im Bett auf, stattlich wie er war, und durch den riesigen Verband, mit dem sein Kopf umwickelt war und der außerdem zwei Drittel seines Gesichts bedeckte, wirkte er noch mächtiger. Jetzt hob er auch noch die Stimme: „Was, zum Teufel, haben Sie bloß gemacht in der ganzen Zeit? Sechs Monate lang bin ich immer wieder zu Ihnen gekommen und habe Sie auf Knien angefleht, meine Tochter ausfindig zu machen. Alles, was Sie am Ende fertiggebracht haben, war, sie tot aufzufinden, bei lebendigem Leib verbrannt, in einem Laubfeuer an der Straße nach Lodi. Doch dann habe ich die Namen der Mörder meines Kindes erfahren. Was verlangen Sie eigentlich von mir? Ich wollte ihnen wenigstens in die Augen schauen!"

„Ihnen in die Augen zu schauen ist eine Sache", erwiderte Duca ruhig und schluckte schon wieder vor Scham, „sie umzubringen eine andere."

„Ich wollte sie doch gar nicht umbringen, ich wollte nur mit dieser Frau reden!", wiederholte Amanzio Berzaghi. „Nur – als ich ihr ein paar Fragen gestellt habe, da hat sie mich so zugerichtet; da musste ich mich doch wehren!" Seine Stimme wurde leiser, und fast weinend wiederholte er immer und immer wieder – wenn auch keineswegs in der Absicht, sich zu rechtfertigen –, er habe niemanden umbringen wollen, nur habe er plötzlich einfach nicht mehr gewusst, was er tat. „*Brigadiere,* ich sag das wirklich nicht, um mich zu entschuldigen. Verurteilen Sie mich ruhig zu zwanzigmal lebenslänglich – was heißt das schon für einen wie mich, in meinem Alter? Sie sollen bloß wissen, dass mir völlig klar ist, dass ich das nicht tun durfte. Ich durfte sie nicht umbringen, obwohl es die Mörder meiner Tochter waren. Nur konnte ich mich auf einmal nicht mehr zurückhalten." Mit tiefer Mailänder Ehrlichkeit erklärte er seine unglückselige Situation. „Ich bin kein Verbrecher! Ich bin nicht zu der Frau gegangen, um ein Blutbad anzurichten; ich bin hingegangen, um mit ihr zu reden! Doch plötzlich schlägt sie mir die Visage ein und erzählt dann auch noch, sie hätten meine Tochter umgebracht, weil sie Ärger gemacht hatte! Die anderen beiden sind später von selbst gekommen, die hab ich nicht von mir aus aufgesucht! Die sind gekommen, um mich abzumurksen, denn Concettina hatte ihnen Bescheid gesagt, dass ich bei ihr war. Ich hab nicht einmal gemerkt, dass ich sie umgebracht habe. Ich weiß ganz genau, dass ich das nicht tun durfte, ich weiß es ja, ich weiß es ja – aber ich konnte mich einfach nicht zurückhalten, es ging nicht, es ging nicht!“ Er nuschelte, weil sein Unterkiefer unter dem Schlag mit dem Türstopper gebrochen war, und wiederholte immerzu dieselben Worte.

„Sie hätten den Brief mit den Namen der Mörder, den man Ihnen unter der Tür hindurchgeschoben hat, zu uns bringen müssen, ins Kommissariat, dann hätten wir die Mörder verhaftet“, sagte Duca bürokratisch und lustlos. „Sie hätten auch anrufen können, wir wären sofort gekommen! Warum haben Sie das nicht getan?“

Amanzio Berzaghi schüttelte den verbundenen Kopf. Dann sagte er etwas sehr Merkwürdiges: „Vielleicht weil ich den Brief am Freitagabend bekommen habe. Der Tag darauf war Samstag, und da habe ich frei. Und weil ich freihatte, bin ich in die Via Ferrante Aporti gegangen, um diese Frau zu sehen.“

„Wie meinen Sie das?“, fragte Duca verblüfft.

„Sehen Sie“, erklärte der buschige Alte in seinem weichen Mailänder Dialekt, „wenn der Brief zum Beispiel am Dienstagabend dagelegen hätte, hätte ich am nächsten Tag zu Gondrand gemusst, das wäre Mittwoch, also ein Werktag gewesen; denn solange dieses Herz in meiner Brust schlägt, gehe ich arbeiten, komme, was da wolle. In diesem Fall wäre ich nicht zu der Frau gegangen, sondern hätte die Polizei benachrichtigt. Doch da ich am Samstag freihabe, ist in mir der Wunsch gereift, der Frau in die Augen zu schauen, die mir mein Kind weggenommen und zusammen mit den anderen beiden umgebracht hat. Wäre nicht Samstag gewesen, wäre dieses ganze Elend nicht passiert!“

Duca schwieg. Die These des Alten klang verrückt, und doch spürte er, dass etwas Wahres daran war. Ein alter Mailänder arbeitet immer, Tag für Tag, die ganze Woche hindurch. Wenn er etwas Besonderes vorhat, dann tut er das am Samstag. Duca stand auf.

„Legen Sie sich hin, Sie müssen sich ausruhen.“

„Ja, Herr Kommissar." Amanzio Berzaghi sank mit einem tiefen Seufzer in seine Kissen zurück. „Ich möchte sterben", sagte er.

Duca verstand ihn. Jetzt, wo er seine Tochter nicht mehr hatte, war dieser Mann so gut wie tot. Aber es gibt eben auch allgemeine moralische Grundsätze, und dazu gehört, einen Menschen am Selbstmord zu hindern, selbst wenn er gute Gründe dafür hat. „Beruhigen Sie sich", sagte Duca, „und versuchen Sie, ein bisschen zu schlafen."

Er verließ das Krankenhauszimmer. Im Flur stand ein Polizeibeamter, der den Mörder Amanzio Berzaghi bewachte.

„Geh rein und lass ihn nicht eine Sekunde aus den Augen, sonst bringt er sich um."

„Ja, Herr Kommissar", antwortete der Beamte.

Unten wartete Livia im Auto auf ihn. Sie fuhren zum Kommissariat.

Es war ein dunkler, eiskalter Nachmittag, der Mailänder Winter begann sich gnadenlos bemerkbar zu machen.

In seinem Büro angekommen, setzten Duca und Livia sich am Schreibtisch gegenüber und sahen sich an. Es war alles trist – dieser Raum, das Licht, ihre müden, angespannten Gesichter.

„Heute Morgen hat ein Brief zu Hause im Kasten gelegen", sagte Livia und zog einen Umschlag aus ihrer Handtasche. „Entschuldige, dass ich ihn geöffnet habe, aber er war von der Ärztevereinigung, und ich konnte der Versuchung einfach nicht widerstehen."

„Ist schon in Ordnung", erwiderte Duca. In dem Moment klingelte das Telefon. Es war Mascaranti.

„Ich hab sie", sagte er.

Man musste nicht Sherlock Holmes sein, um darauf zu kommen, dass das Dienstmädchen Domiziana den Brief mit den Namen von Donatellas Mördern verfasst hatte, und Duca hatte Mascaranti beauftragt, sie zu suchen.

„Ich habe sie zum Reden gebracht“, fügte Mascaranti knurrend hinzu.

Duca hoffte, dass es ihm gelungen war, das Dienstmädchen mit zivilen, legalen Methoden zum Sprechen zu bringen. Sicher war er sich dessen nicht.

„Sie hat alles zugegeben. Sie hat Donatella Berzaghi und die beiden Dreckskerle am Tag der Entführung in der Wohnung ihrer Herrschaft untergebracht, und weil die Männer sich hinterher überhaupt nicht mehr um sie gekümmert haben, hat sie Donatellas Vater den Brief unter der Wohnungstür hindurchgeschoben, um sich zu rächen.“

So simpel war das. Und so infantil. Die lüsterne Hausangestellte rächt sich an denen, die ihre Lust nicht mehr befriedigen. Eine schöne Welt!

„Danke, Mascaranti. Sieh zu, dass du sie so schnell wie möglich loswirst!“ Duca legte auf.

„Willst du den Brief nicht lesen?“, fragte Livia.

„Doch.“ Er nahm ihn aus dem Umschlag.

Lieber Lamberti,

mit großer Freude lege ich Dir hier die Kopie des Beschlusses bei, mit dem der Nationale Rat Dir Deine Approbation ohne jeglichen Vorbehalt zurückerteilt. Der Beschluss wird im nächsten Amtsblatt unserer Vereinigung und in den großen Fachzeitschriften veröffentlicht. Wir alle, die Dich persönlich kennen, freuen uns über diesen Schritt, und ich hoffe, dieses Ereignis bald mit Dir und Deinen Freunden bei einem schönen Essen feiern zu können. Bis dahin eine herzliche Umarmung.

Und dann folgte die Unterschrift eines der hohen Herren der Vereinigung.

„Hast du zu Ende gelesen?“, erkundigte sich Livia.

„Ja.“

„Freust du dich nicht?"

„Doch, natürlich freue ich mich."

„Das war Carrua, weißt du? Seit Jahren setzt er sich für dich ein, sogar jetzt, wo er in Sardinien ist. Und endlich hat er es geschafft", stellte Livia zufrieden fest.

Ja, ja – Carrua wollte unbedingt, dass er wieder als Arzt arbeitete, das war ihm schon klar. „Ich weiß", antwortete er.

„Warum machst du dann so ein Gesicht?", wollte Livia wissen.

Duca holte tief Luft. „Weil ich weder ein guter Arzt bin noch ein guter Polizist. Als Arzt habe ich es fertiggebracht, mich aus der Ärztekammer ausschließen zu lassen. Meine wichtigste Operation war die Durchführung einer Hymenalplastik bei einer Prostituierten! Als Polizist habe ich es geschafft, dir dein Gesicht durch zig Schnitte verunstalten zu lassen, und diesmal ist es mir nicht gelungen, das Blutbad zu verhindern, das der arme Alte angerichtet hat, um seine Tochter zu rächen. Deshalb mache ich so ein Gesicht!"

„Nein", widersprach Livia, „du bist ein guter Arzt und ein guter Polizist."

„Wenn du meinst", erwiderte Duca bitter.

„Das meine ich, und das stimmt auch!" Livia hob die Stimme. „Du bist nur völlig am Ende, weil du einfach zu sensibel bist. Komm, lass uns einen Spaziergang machen."

„Ja", stimmte Duca zu. Und dachte dabei, ohne es allerdings laut zu sagen: Vielen Dank, meine Minerva.

Gianrico Carofiglio

NACHBEMERKUNG

Scerbanenco hätte selbst der Protagonist eines seiner Romane sein können. Sohn eines ukrainischen Vaters und einer italienischen Mutter, geboren im zaristischen Russland, aufgewachsen in Italien, Arbeiter, Rettungsfahrer, Verlagslektor, Journalist, Briefkastenonkel für die Herzenspost eines Frauenmagazins. Und darüber hinaus äußerst fruchtbarer Erzähler, mit einem Aktionsradius, der von der Science-Fiction über den Western, den Liebesroman bis eben zum Kriminalroman reicht.

Er war kein literarischer Schriftsteller, um es vorab klarzustellen und Missverständnisse zu vermeiden. Er war vielmehr ein überaus populärer Autor, der zwischen den Genres wechselte, und (oberflächlich betrachtet) ein Autor von reiner Unterhaltungsliteratur.

Doch wäre er nur das gewesen, müssten wir uns heute – 50 Jahre nach seinem Tod – nicht mehr mit ihm beschäftigen. Er müsste nicht mehr übersetzt werden. Es gäbe keinen Grund, heute noch Filmserien zu entwickeln, die auf seinen Krimis und im Besonderen auf seiner berühmtesten Figur, Duca Lamberti, basieren, dem Arzt, der mit Berufsverbot belegt worden ist, nachdem er einer unheilbar kranken Patientin Sterbehilfe geleistet hatte. Ermittler, Polizist wider Willen, in Wirklichkeit jedoch aufgrund einer Fügung des Schicksals. Bitterer Held, widerspenstig und doch mit hohem moralischen Anspruch. Der Grund, weshalb Scerbanenco nicht in den Sog der (Mikro-) Mentalitätsgeschichte geriet und vielmehr einen Platz in der

Geschichte der Populärliteratur gefunden hat, liegt in seinen Kriminalromanen. Einhellig wird er als der Erfinder des italienischen Kriminalromans bezeichnet und nicht von ungefähr ist der wichtigste Krimi-Preis Italiens nach ihm benannt.

Die Duca-Lamberti-Romane sind trotz ihrer scheinbaren Geradlinigkeit sehr komplex komponiert. Von der ersten Seite an und die ganze Lektüre hindurch nimmt man die Patina des Vergangenen wahr, süßlich, bitter, nostalgisch. Ohne explizite Beschreibung lässt uns Scerbanenco an einem Italien teilhaben, das sich in den 1960er-Jahren der Moderne zuwendet, einem Italien, das sich von der bäuerlichen Welt zum Wirtschaftswunderland wandelt. Als Folge der wundersamen Effekte der Literatur lässt uns Scerbanenco an den Orten, Personen, an der Mode und vor allem an der Atmosphäre, dem Atem der Zeit teilhaben. Wer in den 1960er-Jahren Kind war, liest bestimmte Seiten, als ob er in einer zeitgenössischen Illustrierten blätterte, die lange Zeit in einem Regal auf dem Dachboden einer Tante im Zeitungshalter liegen geblieben ist.

Man stellt sich die Handlung in Schwarz-Weiß oder etwas verblassten Farben vor, wie wir sie von alten Fotos kennen. In diesen Kontext schreibt sich die Figur Duca Lamberti ein. Ein Held wider Willen, leicht surreal und in gewisser Weise *fehl am Platz*. Ein Desillusionierter, der, obwohl er die Konsequenzen schon hat spüren müssen, weiterhin überzeugt ist, dass es besser sei, Gutes zu tun, als gleichgültig zu sein. Nicht weil er glaubt, die Welt verändern zu müssen, nicht weil man sich vom Wohlverhalten eine Belohnung erwarten kann (besser sich nichts erhoffen), sondern weil es einfach rechtens ist. Um den Titel eines bekannten Buches zu paraphrasieren: Man kann Duca Lamberti einen typischen Vertreter der Banalität des Guten nennen. Sein Fehl-am-Platz-Sein erinnert an den bekannten Satz von Adorno, dem zufolge es zur Moral gehöre, nicht bei sich selber zu Hause zu sein.

Die Geschichten von Duca Lamberti verharren in einem prekären, doch erzählerisch glücklichen Gleichgewicht zwischen Realismus und Surrealismus. Realismus und folglich Glaubwürdigkeit in der Darstellung der Investigativtechnik jener Zeit, was uns vermuten lässt, dass Scerbanenco Polizisten als Freunde hatte, die ihm davon erzählten, was sich in den Polizeistuben wirklich abspielte. Fantastische und – eben – leicht surreale Erfindung des Protagonisten: ein Arzt, der unerwartet Fahnder und Polizeibeamter wird. Was realiter und von Rechts wegen nie hätte geschehen können und nie geschehen kann. Gerade diese Kombination von starkem Realismus und freier Erfindung macht Duca Lamberti zu einer Figur jenseits des Gewohnten, macht ihn so interessant. Eine Figur, die man nach der Lektüre schwerlich vergisst.

Gianrico Carofiglio, geboren 1961 in Bari, war viele Jahre Antimafia-Staatsanwalt in Bari, 2007 Berater des italienischen Parlaments im Bereich organisierte Kriminalität, 2008–2013 Senator. Autor zahlreicher preisgekrönter Krimis, die in 24 Sprachen übersetzt wurden. Auf Deutsch bei Folio: Carlotto/Carofiglio/De Cataldo: *Kokain. Crime Stories* (2013), *Trügerische Gewissheit* (2016) und *Drei Uhr morgens* (2019).

Die Drucklegung erfolgte mit freundlicher Unterstützung durch die Abteilung für deutsche Kultur in der Südtiroler Landesregierung.

AUTONOME PROVINZ BOZEN SÜDTIROL
PROVINCIA AUTONOMA DI BOLZANO ALTO ADIGE
Deutsche Kultur

Die Originalausgabe ist 1969 unter dem Titel *I milanesi ammazzano al sabato* erschienen.

Das Nachwort hat Gianrico Carofiglio für diese Ausgabe verfasst.

Die Übersetzung wurde neu durchgesehen und der aktuellen neuen Rechtschreibung angepasst.

Grafische Gestaltung: Dall'O & Freunde
Druckvorbereitung: Typoplus, Frangart
Printed in Europe

ISBN 978-3-85256-757-0
E-Book ISBN 978-3-99037-086-5

www.folioverlag.com